ラルーナ文庫

スパダリアルファと新婚のつがい

ゆりの 菜櫻

三交社

CONTENTS

Illustration

アヒル森下

スパダリアルファと新婚のつがい

本作品はフィクションです。
実際の人物・団体・事件などにはいっさい関係ありません。

■ I ■

「ああ、もう！　駄目だって言っているだろう、将臣《まさおみ》」

貴島聖也《きじませいや》は伴侶《はんりょ》であり、運命の番《つがい》でもある東條《とうじょう》将臣の頭を思い切り手で押しのけた。

しかし彼は甘い笑みを浮かべて、懲りずにこめかみにキスをしてくる。

「まだ時間があるだろう？」

ベッドの上で甘えるように囁《ささや》き、聖也を組み敷こうとした。

「ま、待って、将臣。時間なんてない。式まで、あと二時間もないんだから、もう駄目」

「大丈夫だ。一時間で終わらせる」

真剣な顔つきで言われるが、これぱかりは譲れない。なんといっても今日は大切な式があるのだ。

「お前、しつこいから絶対一時間で終わらないし、一生に一度の結婚式なんだ。ちゃんとしたい」

そう――、今日はずっと秘密にしていた二人の関係、伴侶であることを公にする日であった。

将臣と聖也は、瑛凰《えいおう》学園幼稚舎で初めて出会ってから、高等部で紆余曲折《うよきょくせつ》を経て『番』として認め合い、さらに一年違いでアメリカの大学に進学しても尚《なお》、ずっと一緒に過ごしてきた。

二人の『番』としての絆《きずな》も益々深まり、今は東條グループ傘下の商社、イーステックの資源開発企画室に籍を置いている。

伴侶であることを一部の親族以外、未《いま》だ公表していなかったのは、一般的に男性アルファが同性と結婚できるのは相手がオメガである場合だけだからだ。

そのため結婚し、入籍したことを公表すると、将臣か聖也が実はオメガであると思われてしまうのもあり、踏み切れなかったのが主な理由である。

将臣は世界でもまだ数十人しか確認されていないアルファを凌駕《りょうが》する進化形バース、『エクストラ・アルファ』である。他のバースの人間を本能的に支配する力があり、バース性最高種とされていた。

さらに、相手がアルファであろうと、番と決めた相手ならオメガに変異させ、番にしてしまうという摂理を覆す力も持つ。

実際オメガに変異させられたアルファを『アルファオメガ』と言った。対して聖也は東條一族でも優秀なアルファであったが、将臣に執愛され、アルファオメガに変異した稀少種《きしょう》だ。それは普通のオメガと区別された。

区別されるには相当の理由がある。アルファオメガとは、アルファの才とオメガの生殖の強さも併せ持ち、その子供は必ず、アルファ、またはエクストラ・アルファとして生まれるため、金の卵を産む秘宝とさえ言われているがゆえだ。

結果、アルファオメガは人身売買などの犯罪に巻き込まれやすいとされ、保護のためにその存在は国家機密で、公にはされていないバースである。

聖也はそれゆえに真のバースを公表することができなかった。さらに将臣は東條グループの総帥からの指示でエクストラ・アルファであることを隠しているのもあり、公には今回、二人はアルファ同士の同性婚という形をとり、世間でも『伴侶』と認められることを選んだ。

バース管理局には高校卒業と同時に婚姻届を出して正しいバースで入籍し、すでに法的には伴侶ではあったが、聖也の、親しい人に祝福されたいという思いを、今回将臣が『結婚式』という形で叶《かな》えたのだ。

将臣はエクストラ・アルファの力で、アルファであった聖也を無理やりアルファオメガにしてしまったことに罪悪感を未だに抱いていた。そのため、聖也がオメガだと思われることを、とても嫌がるのだ。

聖也としてはオメガと思われても、今さらあまり気にしないのだが、将臣が気にしていることもあり、公にはずっと伴侶であることを隠し続けていた。

だが今回、将臣は入籍していることは秘密にしたまま、アルファ同士の同性の結婚という形で、聖也が伴侶であることを公表すると決意し、本日に至った。

「二人にとって、今日はやっと迎えることができた大事な日なんだぞ。盛っていて遅刻したなんてことになったら最悪だ」

上目遣いで説き伏せてみると、さすがに将臣も降参したようで、不満そうではあるが聖也の上から退《ど》いてくれる。

「確かに、ヤりたての聖也を皆に見せると、ヤバいな」

「どうしてそういうデリカシーのない言い方をするんだ」

じろりと睨《にら》んでやると、将臣は睨まれることも嬉《うれ》しいかのように、笑みを浮かべて目尻《めじり》にキスをしてきた。

「色っぽい聖也を見せびらかしたい気もするが、虫が寄りつかないとは限らないしな。今回はやめておこう」

「虫って……皆、気心の知れた人ばかりだろ、もう」

「いや、いつ聖也に惑わされるかわからないぞ。私だって聖也にはいつも惑わされているからな。まあ、虫は片っ端から払い除《の》けてやるが」

冗談のように言うが、これが冗談でないことは聖也も充分わかっている。

「さあ、姫君。今日も君のために朝食を作ろう」

将臣は聖也の唇にキスを落とすと、ベッドから起き上がったのだった。

＊＊＊

カラン、カラーン、カラン、カラーン……。

大聖堂の鐘の音とともに、白い鳩《はと》が一斉に羽ばたき、美しく澄んだ青空に飛び立っていく。

鳩が舞う空へ視線を向けると、すべてがきらきらと輝いていた。

聖也は今、父親と一緒に真紅のヴァージンロードの上を歩いていた。正面の祭壇の前では将臣が待っている。

真剣な面持ちで立っている将臣の傍《そば》まで辿《たど》り着くと、そっと彼が聖也の手を握ってきた。

それを合図に招待客が全員立ち上がり、美しい讃美歌を歌い始める。将臣の顔が優しげに緩んだ。

一方、聖也は柄にもなく、緊張で心臓の鼓動が耳に痛いほど大きく伝わってきて、ぎこちない笑顔しか浮かべられなかった。

後輩の花藤《はなふじ》をはじめ、将臣と聖也の結婚を快く思ってくれている会社の同僚や上司も呼んでおり、皆、笑顔で二人を迎えてくれていた。

二人とも白色のタキシードに白い花のブートニアを胸に差していたが、将臣のベストは銀色で刺繍《ししゅう》されたものを、聖也は金糸で刺繍されたものを着ている。

神父越しに向こう側を見れば、壁一面のガラス窓に美しい青い海が広がっていた。穏やかな海の上にはふわりふわりとカモメが波と戯れるように飛んでいる。

ふと聖也は隣に立つ将臣に目を遣《や》った。彼と目が合う。どうやら聖也が海に目を奪われていた間も、ずっとこちらを見ていたようだ。

なんだか急に恥ずかしくなって、視線を伏せる。すると彼が吐息だけで笑ったのがわかった。本当にいろいろと居たたまれない。

聖也は大きく深呼吸をして、改めて祭壇の前に立つ神父を見た。

今からここで、永遠の愛を二人で誓う。ここに来るまで、問題は山ほどあった。それをどうにか二人で乗り越え、やっと皆に祝福される結婚式を挙げることができると思うと、感謝や喜びもひとしおである。

聖也が今までのことを感慨深く思い出しているうちに、神父が聖書の教えを説き、神に祈りを捧げたようだった。気づくと、将臣の指がそっと聖也の指に触れていた。

これからもずっと二人で、この触れ合うことのできる距離で生きていく。彼の体温を傍で感じて人生を歩んでいく。改めてそんなことを思ってしまった。

神父から結婚の誓いを問われ、お互いに『誓います』と答える。

「では指輪の交換を」

神父の声に彼の視線がこちらに向けられる。何度も見た顔なのに、今日の将臣はいつもよりもさらに精悍《せいかん》に見え、聖也はまた恋に落ちてしまった。

年下のはずなのに、かっこいい……。

一歳という年の差は、子供の頃は大きな隔たりとなっていたが、歳《とし》を重ねるうちに、その差は縮まり、今はもしかしたら、彼のほうがしっかりしているのかもしれないと思うことがあるようにもなった。

愛《いと》おしそうに聖也を見つめてくる将臣の視線にどきどきしていると、左手に手を添えられる。ゆっくりと左の薬指にプラチナのシンプルな指輪が嵌《は》められていった。

指の根元まで嵌められた瞬間、聖也の胸がきゅっと甘く締めつけられる。心も彼に囚《とら》われ、愛おしさが満ち溢《あふ》れた。

改めて将臣を見上げると、彼の瞳《ひとみ》が赤く潤んでいるのがわかった。

ばか……。まだ泣くには早いだろう？

そう思いながらも、聖也も熱いものが胸に込み上げてくるのを自覚する。自分も泣きそうだった。

そのまま神父から指輪を受け取り、今度は聖也が将臣の薬指に指輪を嵌める番になり、自分の手がわずかに震えているのに気づいた。知らないうちにかなり緊張していたようだ。

聖也は小さく息を吐いて、気持ちを落ち着けると、将臣の薬指にそっと指輪を嵌めた。するりと指輪が入っていく。彼が伴侶であることが形になっていく瞬間だ。

指輪を完全に嵌め、つい安堵《あんど》の溜息《ためいき》をつくと、将臣が力強く指先を握ってきた。そう、指輪の交換が終わったら、誓いのキスが待っている。

考えただけで顔から火が出そうだった。一応事前に、将臣とは額にキスをするという打ち合わせをしている。同僚や友人たちの前でキスシーンを見せるほど聖也も酔狂ではない。できれば『なし』でもいいくらいの気分だったが、将臣に『額にキス』で押し切られたのだ。

「では誓いのキスを……」

神父の声に従って、将臣の顔が近づいてきた。聖也も瞳を閉じようとしたが、彼の唇が額ではなく、もっと下を目指して近づいてきたことに気づく。途端、聖也は将臣の目的に気がついた。

「なっ……将臣っ、ちょ……」

名前を口にした途端、唇を塞《ふさ》がれる。参列席からは溢れんばかりの拍手が鳴り響いた。それと同時に神父の声が教会に大きく響き渡る。

「神の祝福を願い、結婚の絆によって結ばれた二つの家の血を、神が末永く慈しみ、繁栄と安定を守り助けてくださいますよう、神の名の許《もと》に、二人が夫婦の絆を結ばれたことを皆様にお伝えいたします」

拍手の音が一層大きくなる。

「将臣君、おめでとう！」

「お幸せに！」

「聖也さん、お綺麗《きれい》です！」

祝福の声が聞こえるも、将臣はまだ聖也の唇を解放してはくれなかった。それよりもさらに深くなる。

将臣――っ！

参列席から見えないように、そっと将臣の脇腹《わきばら》を抓《つね》る。だがそれでも将臣は口づけをやめようとはしなかった。

とうとう神父が小さく咳払《せきばら》いをし、将臣を無言で諌《いさ》めるという事態にまでなり、参列者の笑いを誘う。

キスから解放された聖也は、大人げなく参列者の前で文句を言うのを我慢し、代わりに顔を真っ赤にして将臣を睨んだ。

だが、この胸いっぱいに広がる幸福感から考えても、恥ずかしさや嬉しさが、怒りに勝っていることにすぐに気づく。

「聖也が魅力的すぎるから、我慢ができなくなるんだ。ハニー、これからは堂々と皆の前でいちゃつけるな」

そう言う将臣を睨み続けようとしても駄目だった。嬉しさに顔が緩み、笑みを浮かべてしまう。

どうやら聖也も将臣と同じで、やっと皆に伴侶として祝福されたことに、浮かれているようだ。いつもは言わないことを口にしてしまった。

「……そうだな。僕もお前といちゃいちゃできるのを楽しみにしている」

「え……」

将臣の小さな声にふと顔を上げると、ピキンと固まっている将臣がいた。

「将臣？」

「うっ……」

いきなり呻《うめ》いたかと思うと、手で口許を塞いだ。

「興奮して鼻血が出そうだ」

「へっ？」

思わぬ言葉に声を上げると、将臣がぱっと腕を広げ、きつく抱きしめてきた。

「愛している、聖也っ！」

叫び声とともに、また聖也の唇を塞いだ。辺りからは好意的な口笛や冷やかしの声が飛ぶ。

聖也も今度は素直に将臣の背中に手を回し、自分からも無言の愛を伝えた。

青い、とても青い空の下、大きな笑い声とともに、教会の鐘がいつまでも鳴り響いている。それはとても穏やかで、一生記憶に残る幸せな結婚式であった。

■　Ⅱ　■

爽《さわ》やかな潮風がどこからか吹いてくる。耳を澄ませば、優しい波の音が聞こえてきた。

「んっ……」

馴染《なじ》みのある体温に躰《からだ》を包まれながら、聖也はふと目が覚めた。自分を抱く将臣の肩越しにテラスの向こう側に広がる浜辺に目を奪われる。

月の穏やかな光を浴びて、黒い海がきらきらと輝きながら揺らめいている。砂浜は月明かりのお陰で、白く発光しているかのようにも見えた。

今、二人は新婚旅行で、インド洋、マスカレン諸島に位置するモーリシャス共和国、モーリシャス島へと来ていた。

あまり長く日本を離れられないので、休暇は一週間しかとれなかったが、それでもここではゆっくりと過ごすつもりだ。

月明かりに照らされる将臣の寝顔をしばし見つめ、聖也は自然と笑みを浮かべる自分に気づく。

彼にアルファオメガに変異させられたと知ったとき、ショックで自分を失いかけたりもしたが、こんなにも心穏やかな日が来るとは思ってもいなかったので、なんとも不思議な気分だ。

静かに将臣を見つめていると、彼が無意識に手を伸ばして聖也を胸に抱え直した。途端、すっぽりと彼の胸に囚われる。同時に聖也の鼓膜に彼の心臓の鼓動が伝わってきた。

愛が聖也の胸から込み上げてくる。そしてもう一つ、叶えたい夢が大きく聖也の心を揺さぶった。

いつか将臣と一緒に繋《つな》ぎたい手——。

二人の真ん中に小さな我が子を連れて、笑顔で三人並んで歩きたい。いや、人数なんて関係ない。二人の『家族』を作って、未来を一緒に歩んでいきたい。

アルファオメガとなった今、聖也にはその夢が叶えられた。

「……お前は僕の子供が欲しいって言ったことないけど……本当はどうなのかな」

無防備に寝顔を見せる将臣に、ほとんど聞こえないほどの声でそっと問いかけてみるが、勿論《もちろん》返事はない。

聖也がオメガだと世間に知られたくないばかりに、将臣が敢《あ》えて子供を作ろうとしていないのも知っている。

だが時々、本当に子供はいらないんだろうかと思うことがある。確かにこのまま二人でずっと暮らしていってもいい。でも――。

でも、将臣の遺伝子を受け継いだ我が子を胸に抱きたいという衝動が、聖也の胸に湧《わ》き起こることがある。これが母性本能というものなのだろうかと自覚しつつ、その思いを胸に奥にしまい込むことが最近多くなっていた。

これ以上望んだら、欲張りすぎなのかな……。

幸せなのに、どうしてか、どこか寂しいような――きゅっと胸が締めつけられた気がした。聖也はその感情に気づかぬ振りをして、将臣の胸に顔を埋《うず》めたのだった。


空と海の境がわからない真っ青な世界に白い砂浜を目にしながら、聖也は将臣とヴィラで朝食を楽しんだ。

さすがは食通のフランス人が入植していた土地柄だけあって、モーリシャスの食事は意外と美味《おい》しいものが多い。

老舗《しにせ》ホテル自体も贅《ぜい》を極めた造りだが、同じ敷地内にはプライベートビーチ沿いに豪奢《ごうしゃ》なヴィラが個別に建てられていた。そこは最高級ランクの部屋として、ホテルでありながら別荘のように滞在することができる。

将臣は聖也との時間を大切にしたいということで、今回、ヴィラを予約していた。

部屋のテラスからはそのままビーチに出られるようになっており、美しいモーリシャスの海が独占できる。

それぞれのヴィラには専属バトラーがついているので、身の回りのことや雑用は、すべてバトラーに任せておけばいい。

今朝《けさ》の朝食も、ホテルのレストランからヴィラへと運んでくれ、二人にとって何一つ煩わしいことはなかった。

二人が二人だけの時間を満喫するために、ホテルのスタッフがすべてサポートしてくれるのだ。

朝食の種類も豊富で、ジュースは好きなフルーツを選んで目の前で絞ってもらえる。それに数種類のパン、ハムやベーコン。卵料理、サラダ、デザートなど、幾つものワゴンにそれぞれを乗せてホテルのレストランから運んできてくれる。

バトラーの話によると、ホテルに行けば、かなりの種類を揃《そろ》えた豪華な朝食ビュッフェも用意されているらしいので、日本へ帰国する前に、一度くらいはメインレストランへ行ってみようと思う。

「聖也、今日は今からヘリで移動しようと思う」

「ヘリで？」

モーリシャスは足として、ヘリを使うことが多い。島のあちらこちらにヘリポートがあり、三十分も満たないちょっとした移動でも、ヘリコプターを使うセレブな旅行者が多いからだ。

さすがは世界のセレブが集まるとされるリゾート地である。

勿論このホテルにも当然のようにヘリポートが用意されている。ヘリコプターも三機ほど待機しているのを、このホテルに到着したときに目にしていた。

昨日は一日中、いろんなマリンスポーツを楽しんだ後、昨夜の時点では将臣も、明日はゆっくり買い物をして、皆のお土産《みやげ》を買おうかと話していたので、ヘリコプターに乗るとは思いも寄らなかった。

確かにこちらの流儀で考えれば、買い物もヘリコプターで出かけるのはありえる話だった。

「ああ、観に行くには、午前中が一番いいらしいんだ」

「午前中？」

買い物だと思い込んでいたので、『午前中』という言葉に一瞬意味がわからなかった。

「予約がとれたんだ。今日は今から干潮になるらしい」

「干潮……予約って……まさか……」

「ああ、お前が観たいって言っていた、『海の滝』に行くぞ」

「ほ、本当か？」

嬉しくて思わず席を立ってしまった。

『海の中の幻の滝』はモーリシャスで行きたい観光の一つで、晴れた日の干潮時が特に見頃とされていたのに、出発前、ちょっとしたミスで予約がとれず、半ば諦《あきら》めていた場所であった。

「少しコネも使ったけどな」

将臣がお茶目にウィンクをする。会社の通常業務に、結婚式とさらに新婚旅行。彼自身、とても忙しいはずだったのに、いつの間にか手を打ってくれていた将臣に感謝しかない。

「ありがとう……」

「私も観たかったしな」

将臣はそう言って、照れ隠しなのかすぐに珈琲《コーヒー》に口をつけた。

モーリシャス南西部で見られる『海の滝』。呼び方はいろいろあるが、海底が大きく割れて、海水が滝のごとく海底、地球の割れ目へと流れ落ちていくように見える絶景地である。

実は、海水の流れと、波によって浸食されたサンゴが織りなす錯覚に過ぎないのだが、上空から見下ろすと、錯覚とわかっていても地球の割れ目を見ているように思えてくる。まさに大自然のトリックアートとも言うべき観光地であった。

「え……じゃあ、もうすぐ出発しないとまずいんじゃないか？」

「ああ、あと一時間くらいかな」

朝食を終えた将臣は席から立ち上がると、聖也の隣にやってきて、聖也の耳元に囁いてきた。

「昨夜《ゆうべ》はこのために、聖也に無理をさせなかったんだ。いい旦那《だんな》さんだろう？」

「なっ……」

じんわりと頬《ほお》が熱くなる。だが恥ずかしさ紛れに文句を言ってしまう。

「無理をさせなかったといっても、午前零時は過ぎていたぞ？」

「それでも私は我慢したんだ。努力は認めてほしいな。それに私は褒めれば伸びる子だぞ？　もっと褒めてくれ、聖也」

そう言いながら、聖也の目尻にキスを落とした。

「……かっこよすぎるんだよ、お前」

正直にぽつりと告げると、将臣が嬉しそうに笑顔を浮かべた。

「お前にもっとかっこいいと思われるように、これからも努力するよ」

「それ以上かっこよくならなくてもいい。僕の心臓がもたなくなるから……」

「う……今から『海の滝』へ行くんじゃなかったら、絶対お前を押し倒したのに。くそっ、今から明日に変更できるか確認するか」

「将臣！」

フライトまで一時間しかないというのに、将臣を宥《なだ》めて、この後、聖也はどうにか無事にヘリコプターに乗ることができたのだった。


『海の滝』までは、周遊の観光を入れて、大体三十分ほどのフライトになる。

ヘリコプターが上昇して、まず眼下に見えるのは、広大な紅茶畑であった。かつてフランスだけでなく、イギリス領でもあったモーリシャスは紅茶の栽培も盛んで、島の至るところに紅茶畑が広がっている。

さらに進むとモーリシャスの観光名所が次々と眼下に現れた。特に圧巻だったのが『七色の大地』だった。

モーリシャスには、信じられないことに七つの色を持つ大地がある。まるで虹が大地に吸い取られたようにも見える観光地だ。

それは決して目の錯覚ではなく、かつて火山の噴火によって異なる地層が幾つも重なり、化学反応を起こして七色に見えると言われている。

『海の滝』といい、『七色の大地』といい、モーリシャスには自然のアートトリックが満載で、常に人間を驚かせてくれる。

「フライトが終わってランチをした後にでも、あの大地に実際立ってみるか。間近で見るのも面白そうだし」

「そうだね。こうやってヘリから一気に観光地を見下ろして堪能《たんのう》するのもいいけど、僕も間近でも見たいな」

「じゃあ、昼は『七色の大地』へ行こう」

将臣が楽しそうに提案する。その姿を見て子供の頃の彼を思い出し、聖也も心が和んだ。

そしてまたふと、ここに彼との愛の証《あかし》の子供がいたら、一緒に騒いだりして、もっと楽しいのかな……なんて想像してしまう自分がいた。

だが将臣が子供を望んでなかったらと思うと、少しだけ気持ちが暗くなってしまい、聖也は慌てて頭を切り替えた。

今は楽しまなきゃ……。

顔を上げると、すぐに将臣の明るい声が耳元で発せられた。

「ほら、もうすぐ海に出るぞ」

彼が前方を指さしていた。楽しそうな彼の表情を再度見て、鬱屈《うっくつ》しそうだった聖也の気持ちが晴れやかになる。愛とは幸せの塊のような存在だ。

そしていよいよモーリシャスの最高峰、ビトン・ド・ラ・プティト・リビエール・ノアールを越え、海へと出た。

まさにコバルトブルーという言葉がぴったりな色をした海が眼下に現れる。

真っ青な海に、引っ掻《か》いたような白い線が幾つもあった。カイトサーフィンをしているのだろう。空から見ると、青い海に白い線で落書きをしているようにも見えた。

美しい海に心を奪われていると、あっという間に島の南西部までやってきた。

「見て！　将臣、海が割れている！」

圧巻だった。

真っ青な海が白い飛沫《しぶき》を上げて、地球の割れ目に吸い込まれていくように見えた。

いくらこれが目の錯覚だといっても、大地が割れて海を呑《の》み込んでいるようにしか見えない。何もかもが吸い込まれそうだ。

「すごいな、ハリウッド映画のＣＧでも観ているようだ」

将臣も興奮を隠し切れず、聖也の隣から顔を出して、海に魅入っている。

数分の間、上空を旋回してヘリコプターは帰路へと就く。もっと観ていたいが、ヘリパッドの予約もあるので、時間厳守で戻らないとならず、『海の滝』へ心を残しての帰路となった。

「うわぁ……まだ全然、観足りない」

「また来よう、聖也。今度来る楽しみが増えたと思えばいい」

帰りのヘリコプターの中で、残念がっていた聖也に将臣が声をかけてきた。

また……。

その言葉に聖也は顔を上げて、心の奥にしまい込んでいた思いを、そっと口にしてしまった。

「次のときは……お前との子供も一緒にいたらいいな……」

聖也の声は、そのまま澄みきった青空へと吸い込まれて消えていく予定で、将臣には聞こえていないつもりだった。だが、将臣はその小さな声を拾ってしまった。

「え？」

彼の目が見開く。

「今、なんて言った……？」

ひやりとした。この話題は暗黙の了解というのか、二人の間ではなんとなく避けられていた内容だ。

「あ、いや、ごめん。ちょっと調子に乗った。今のは『なし』で」

慌てて訂正すると、将臣が両肩を摑《つか》んできて、正面から向かい合わせのような体勢にさせられた。

「聖也、もう一回言ってくれないか」

「だから、今のは『なし』で、って言ってるだろう」

「いや、もう一回聞かせてくれ。冗談でもいいから、お前の口から、もう一回、きちんと聞きたい」

あまりにも真剣に乞《こ》われ、冗談では済まされそうもない雰囲気に、聖也は渋々、口を開いた。

「次のときはお前との子供も一緒にいたらいいなって言ったんだ。別に深く考えなくていい。ちょっと夢を口にしただけ……だか……うっ」

言葉が言い終わらないうちに、将臣が勢いよく聖也を抱きしめてきた。いくらヘリコプターを貸し切ったからといって、パイロットがいるのだから、こういう行動は控えてほしい。

聖也は慌てて自分に抱きつく将臣を引き剝《は》がそうとした。だが彼はしつこくしがみつき、聖也から離れなかった。

「将臣、人の目があるから！」

「私もお前との子供がほしい」

「ほら、放れ……え？」

将臣の顔を見つめた。今、彼はなんと言っただろうか。

彼の顔を見つめていると、彼の表情が辛《つら》そうにわずかに歪《ゆが》んだ。

「ごめん、聖也。お前にいろいろ不便をかけさせるってわかっている。でも、やっぱりお前との愛の証が……私も欲しい。ずっと欲しかったんだ。これ以上お前に我儘《わがまま》を言いたくないと思って、言うのを我慢していた。だが、もし、お前がいいと言うなら、お願いだ、産んでくれないか？」

「将臣……」

呆《ほう》けたように彼の顔を見つめ続けていると、ぎゅっと今までよりも強く胸に抱きしめられた。

「愛している、聖也……どうか私の子を産んでくれ。私の子はお前にしか産めない」

「ま、さ……」

「溺愛《できあい》する自信は充分ある」

そんなことを真剣な顔をして宣言する将臣に、聖也は驚きを越えて、つい笑ってしまった。

「溺愛する自信って……」

「お前が鬱陶《うっとう》しく思うほど、お前とお前との子供を私は溺愛するからな」

「将臣……」

番として国に登録して十年。その間、子供を作ろうとは一度も言わなかったのもあって、もしかしたら将臣は子供を欲してはいないのではないかと感じることもあった。

だが、やはり聖也が思っていた通り、元来アルファであった聖也に、オメガとして子供を産ませることに、将臣は罪悪感を覚えていたようだ。聖也が子供の話をした途端、堰《せき》を切るがごとく、子供を欲しがった。

「午後は、せっかく聖也がその気になったんだから、子作りに専念しよう」

「子作りって……、まだ僕は発情期じゃないから無理だよ」

「無理じゃないかもしれないだろう？　確かに発情期においての性行為が妊娠の確率が高

いが、中には発情期でないときの性行為での妊娠も報告されている。確率はゼロじゃない」

「ゼロじゃないっていっても……。それに昼からは『七色の大地』へ行くって……」

「それは明日以降でもいいだろう？　今は一刻でも早くお前を抱きたい」

抱きしめられたままこめかみにキスをされる。

「ちょっと、将臣……パイロットが……」

日本語で会話をしているので、生々しい内容は理解されていないとは思うが、それでも抱きつき、キスをしている姿を見られ、どうにも居たたまれない。パイロットはパイロットで、二人が新婚旅行に来ていることは知っているので、ニヤニヤ笑ってお熱いねぇとからかってくるから、恥ずかしくて仕方がない。だが——。

ヘリコプターの上で子作り宣言をされたことは、きっといい思い出になるだろう。

聖也はそっと幸せを噛《か》みしめた。そしてそのままパイロットの目を盗んで、今度は自分から将臣の頬に小さくキスをした。

「聖也⁉」

将臣がキスをされたほうの頬に手のひらを当て、目を丸くする。彼を驚かせたことに満足し、聖也はニヤリと笑った。

「お返しだ。いつもやられてばかりじゃないんだからな」

「くっ……惚《ほ》れ直した」

将臣はそんな莫迦《ばか》なことを言って、聖也が止めるのも聞かず、深い口づけをしてくる。パイロットがフランス語で「ウ～ララ～」と口にしたのを耳にしながら、聖也もまた、その口づけを受け入れたのであった。

二人を乗せたヘリコプターは真っ青な海を後にし、再び紅茶畑の広がる大地へと向かう。

＊＊＊

ホテルのヴィラに戻った途端、聖也はそのままベッドへと押し倒された。

「お前、性急すぎ」

「聖也の気が変わらないうちに既成事実を作ることで頭がいっぱいだからな」

ギシッとベッドが甘く軋《きし》んだかと思うと、聖也の唇にふわりと唇が合わさってくる。しばらく唇を重ね、お互いの体温を確かめ合った。すぐに息が上がる。

「んっ……」

「聖也……」

彼の余裕のない声に、聖也の躰が歓喜を覚えた。

シャツの上から指の腹で丹念に乳首を擦《こす》られ、ぷっくりと乳頭が勃《た》ち上がる。将臣はそれを口に含み、しゃぶった。

卑猥《ひわい》な舌の動きは次第に激しくなり、聖也を惑わせる。そんなシャツの上からではなくて、直接舐《な》めてほしい。

「将臣……早く……」

「ああ、わかっている」

お互いにお互いの服を脱がし合う。一刻でも早く一つに溶け合いたかった。

「聖也、今日はゴムをつけないからな」

その言葉に、聖也はこくりと頷《うなず》く。

高校生のときに、若気の至りで何度かゴムなしでセックスをしたことはあったが、それ以外はセイフティセックスをしていたので久々である。

確実ではないが、エクストラ・アルファとアルファオメガは、男同士であってもかなりの高確率で妊娠するという統計が出ているので、避けていたのだ。

将臣は常に聖也のキャリアを優先し、アルファとして扱ってくれ、妊娠させるのを怖がっていたところもあったからである。

「ほら、聖也、足を開いてくれ」

男の色香を含んだ双眸《そうぼう》が聖也を見つめてくる。『運命の番』でもある将臣のオーラに呑み込まれそうだ。

聖也は言われた通り、ゆっくりと扇を開くように足を左右に開いた。

彼がまるで獲物を前にした獰猛《どうもう》な獣のように目を細めた。それだけで聖也の背筋がぞくぞくと甘く震えた。

「あ……」

見られただけで嬌声《きょうせい》が零《こぼ》れる。将臣にしか触れさせていない躰は、この十年でかなり淫《みだ》らに成長してしまった。

「いい眺めだ、聖也」

彼の形のいい唇がゆっくりと聖也の下半身へと落ちていく。それを抵抗せずに受け入れるというのは、聖也にとってかなりの羞恥《しゅうち》を掻きたてられるが、ぐっと堪《こら》えて秘部を彼の目の前に晒《さら》した。

すぐに熱く湿ったものに覆われる感覚が襲ってくる。

「っ……」

咥《くわ》えられた途端、下半身が凄絶《せいぜつ》な痺《しび》れを伴って頭を擡《もた》げるのがわかった。淫らな行為でも、将臣にされていると思うと全身が悦《よろこ》びに打ち震える。

「はぁ……ふっ……」

将臣の艶《つや》やかな髪に指を差し込んだ。彼の張りのある髪質が指先に心地良かった。

彼の口だけでなく、手も聖也の劣情に触れてくる。竿《さお》の部分をするりと撫《な》でると、その付け根にある二つの蜜玉を荒々しく揉《も》みしだいた。

「あ……まさお……みっ……」

ぎゅうっと両袋をきつく握られ、凄絶な快感が襲ってくる。

「あぁぁぁ……」

聖也の声に気を良くしたのか、将臣が聖也の鈴口に、ぐりぐりと舌を差し込み始めた。

「あ……それ、駄目……だ、めぇ……あぁぅ……」

駄目だと言っているのに、将臣は歯を立て、聖也の弱い場所を甘噛みし始めた。

聖也の躰の芯《しん》がざわざわとし、熱いものが先端から染み出てくるような感覚にどうすることもできない。ただ瞼《まぶた》をきつく閉じて、淫らな熱に耐えるしかなかった。

「聖也のここから甘い蜜《みつ》が溢れてきたぞ」

将臣が嬉しそうに報告してくる。まったく意地悪だ。さらに聖也のぬるぬるとした液で濡《ぬ》れた先端を指の腹で撫で、そっとそこにキスをする。意地悪なうえに悪趣味であった。

「……もう……将臣、焦《じ》らすなぁ……っ……」

聖也の躰が火照《ほて》っていることはわかっているのに、そんなことをしてくる将臣を睨む。

「聖也を堪能しているだけだ。結果的にお前を焦らしているのかもしれないがな」

将臣はそう言って小さく笑うと、再び聖也の頭を擡げ始めていた屹立《きつりつ》を口に含んだ。すぐに聖也の喜悦が大きく膨れ上がる。

「ああっ……ふっ……」

「昨夜も私を受け入れてくれていた場所が、ひくひくしている。私を欲しがってくれているんだな」

基本、意地悪な将臣が、聖也の恥ずかしがりそうなことを言ってきた。だが、ここまできて、そんなことで恥ずかしがったりはしない。むしろ、挑発してやる。

「……当たり前だろ。僕はお前の運命の番なんだ。お前以外、何を欲しがるって言うんだ」

まっすぐに彼の顔を見つめて言ってやると、将臣の表情が俄《にわ》かに歪む。

「くそっ、そんなことを言って、私を煽《あお》るな。我慢できなくなるだろ」

「我慢なんてするな。僕だって本当はいつも将臣が欲しいんだから……」

「聖也……」

　将臣が感無量といった様子で躰を俄かに震わすと、今度は性急に唇を重ねてきた。噛みつくようなキスをしながら、聖也の下肢に指を這《は》わせる。固く閉ざされた秘部を軽く指でノックし、クチュリと指を挿入した。

「あっ……」

「まだ柔らかいな。少し無理をさせるかもしれないが、ゴムなしでこのまま挿《い》れるぞ、いいな。くそっ、もっと丁寧に扱いたいのに、お前が煽るから、私のここがぎりぎりだ」

　ここ、と言い、将臣が己の欲望を手にし、聖也に見せつけてきた。将臣のそれはすでに大きく膨れ上がり、先走りが溢れて赤黒く光っていた。そこにはコンドームはなかった。生のままだ。

「……お前の我慢がきかないのは、いつものことだろう？」

　そう言って挑発してやると、将臣が人の悪い笑みを浮かべた。

「その通りだな」

　彼がぐいっと聖也の内腿《うちもも》に自分の躰を差し入れる。そして聖也の膝裏《ひざうら》を持ち上げ、腰を高く上げさせられた。将臣を乞う蕾《つぼみ》が、熱を呑み込もうとばかりにひくつくのが聖也にもわかる。

「将臣……っ」

自分の劣情が将臣の目の前に晒されることに羞恥を覚えるが、それさえも快感に変わっていく。

「早く、挿れ……て……」

足を開いて運命の番を誘《いざな》う。自分がオメガでよかったと思う瞬間だ。将臣が抗《あらが》えないとばかりに息を荒くした。

「くそ、いつもお前には負ける。さすがは私の世界一愛しい番だ」

いきなり将臣の激情が蕾にあてがわれたかと思うと、一気に貫かれる。

「あああっ……」

モーリシャスに来てから頻繁に彼に抱かれていたこともあって、すんなりと彼の屹立を呑み込んでしまった。狂おしいほどの淫らな熱が背筋から脳天を突き抜ける。神経が灼《や》かれ、全身が粟立《あわだ》つほど痺れる。

「はあぁぁっ……っ……んっ……」

生で挿れられ、将臣の楔《くさび》の猛々《たけだけ》しい熱を直《じか》に感じ、理性がとろとろに蕩《とろ》けた。ゴム一枚の差なのに、それは大きく違った。じりじりとした熱が芯に籠《こも》り、それを吐き出そうと腰が勝手に淫猥《いんわい》な動きをし始める。

「っ……聖也、気持ちがいいか?」

「あ……っ……あ……」

激しく揺さぶられて返事もできない。

「あぁぅっ……」

将臣の抽挿に遠慮がなくなっていた。彼も余裕がないのか、腰を激しく打ちつけてくる。

「はっ……聖也……っ……」

名前を呼ばれ、下半身に熱が集まった。さらにそれだけでなく、聖也の肌に触れる将臣の指先は聖也の熱を炙《あぶ》り出し、愉悦の淵《ふち》へと追い詰めてくる。

「あっ……ああっ……」

甘く濁った水に沈められ、息ができない。まさに快楽に溺《おぼ》れる。

「んっ……ああっ……」

閉じていた目を開ければ、色香に濡れた将臣の瞳とかち合った。ビビッと言葉では言い表せない電気みたいなものが躰に走った。これが『運命の番』ならではの感覚なのだと思う。

「ま、さお……みっ……あっ……」

彼のいつもと違う生の熱が、じんじんと肉壁に伝わってきた。聖也の下半身に大きなうねりが生まれ、中にいる将臣をきつく締めつけてしまう。

「うっ……」

彼が低く呻いた。その声さえ色っぽく、聖也の心臓を締めつけてくる。

「は……将臣……ぅ……」

緩急をつけたリズムで抽挿を繰り返される。最奥まで穿《うが》たれたはずなのに、さらにその先へと侵入してきた。

「あ……だめ……それ以上、奥は……っ……」

「嘘《うそ》を言ったら駄目だ。この奥を突かれるのが、気持ちいいって知っているぞ」

「そんな……あぁぁ……」

将臣の張りのある太いカリが、聖也の奥にある秘密の入り口をこじ開けようと、ぐりぐりと抉《えぐ》ってきた。

結腸を責められて、聖也は眩暈《めまい》を覚えるほどの快楽に犯される。

「あぁぁぁ……だ、めぇ……それ以上は……いぃぃっ……」

強い快感に意識が朦朧《もうろう》とした。ただ彼に揺さぶられ、究極の快感を極めたいだけだ。

「いいんだろう？」

「あ……いい……気持ち……いいっ……ま、さ……おみ……っ……いい……」

奥の奥まで責められ、強烈な快楽が聖也を猛襲した。

「ああ……、愛している、聖也……っ……」

「な……あっ……や……激しいっ……」

悲鳴に近い声で訴えても、将臣の動きが止まることはなかった。それよりも、より激しく淫襞を擦り上げられる。

「ああっ……はあっ……」

頭が真っ白になった。ただあるのは快楽を求めるだけの自分だ。嵩《かさ》のある将臣が、いいところに当たるよう聖也は自ら腰を動かし、愉悦を貪《むさぼ》る。

「はっ……いい締めつけだ」

将臣の動きが激しさを増す。抽挿を繰り返すたびに湿った音がいやらしく部屋に響いた。

「あ……あぁぁ……もっと……奥……っ……あぁぁっ……」

結腸へ続く閉ざされた弁を、ずくずくと刺激される。聖也は滑らかな脚を将臣の背中に巻きつけ、彼を捉《とら》えた。

将臣は将臣で、ゴムをつけていない灼熱《しゃくねつ》の楔を聖也の肉襞《にくひだ》に強く擦りつけ、聖也を翻《ほん》弄《ろう》する。

「あぁぁぁあっ……」

聖也の白い喉《のど》が仰《の》け反《ぞ》ったと同時に、今まで出口を求め、渦巻いていた熱が、一気に爆発した。それは腹の上だけでなく、聖也を組み敷く将臣の胸や腹にも飛び散った。

その姿を将臣が双眸を細め、うっとりとした顔で見つめてくる。

「綺麗だ、聖也。お前のこんな姿を見られるのは、私だけの特権だな」

「はぁはぁはぁ……僕……だって……お前の……こんな姿を目にするのは……特権だ。はぁはぁはぁ……」

懸命に呼吸を整えながら言い返すと、将臣が急に『キた』と独りごち、再び激しく抽挿をし始めた。

「あ……待って……まさ……あぁぁっ……」

あまりの激しさに立て続けに射精してしまう。さらにそれだけではなく、ジンジンと下肢が痺れ、すでに感覚がなくなってきていた。

そうしているうちに、激しく擦られ腫《は》れぼったくなった最奥で熱い飛沫《ひまつ》が弾《はじ》けるのを感じた。将臣がやっと達《い》ったのだ。

久々にゴムなしでセックスをしたせいで、生々しい感覚が聖也の下肢に広がっていく。どくどくと音を立て、聖也の中に精液が注がれ、中が濡れる感覚を味わった。

「あ……」

熱い飛沫が幾度となく中で弾けるのがわかる。その刺激に触発され、聖也自身もまた吐精してしまった。

「あぅ……あぁ……」

「すごいな、絡まってくる……聖也、お前、私の精を全部奪い取るつもりだな」

「何を言っ……あっ……」

将臣の肉欲は熱を出したばかりだというのに、聖也の中でもう硬く張り詰めていた。そのまま腰を引き寄せられ、深く穿たれる。聖也が制止しようとしても間に合わなかった。

「あぁぁ……はっ……もう……や、め……っ……んっ」

「お前を孕《はら》ませるんだ。もっともっと私の精子を注がないとな」

「そ……ん……な、ああっ……まさ……お……みっ……」

どんなに抗おうとしても、本能は世界で一番愛おしい番、エクストラ・アルファを求めてしまう。

「んっ……せっかく……モーリシャスまで……来たのに……ん……あぁっ……」

膝が胸につくまで折り曲げられ、奥まで責められる。彼の唇が聖也の唇に合わされる。そして唇の動きだけで伝えてきた。

——また、ここモーリシャスへ来ような。

「将臣……」

聖也は潤む瞳で将臣を見上げると、唇を離した将臣がそっと笑みを浮かべていた。

地上の楽園とも謳《うた》われるモーリシャス。だが聖也にとって地上の楽園はここだ。ここが、この将臣の腕の中が『地上の楽園』だと確信した。

「ああ、また来よう、将臣……」

聖也はその身を任せ、彼の灼熱の劣情を受け止めたのだった。


結局、モーリシャスのハネムーンは、ほとんどベッドの上で過ごすことになり、せっかく楽しみにしていたホテルの朝食ビュッフェも、一度も食べることができなかった。

だが、青く美しい地上の楽園、モーリシャスを二人が堪能したのは言うまでもなかった。

■ Ⅲ ■

鼻先を擽《くすぐ》る芳しい珈琲の香りで、聖也は目を覚ました。見慣れた寝室は、将臣と暮らすマンションの一室だ。

先週モーリシャスのハネムーンから帰国してすでに一週間。有給休暇をとっているうちに溜《た》まっていた仕事を必死で片づけ、本当にあっという間に一週間が過ぎてしまった。

「聖也、起きているかい？」

寝室のドアが開けられたかと思うと、将臣が顔を出した。

「おはよう、将臣」

「おはよう」

将臣は聖也が寝ているベッドまで来ると、その脇にそっと腰を下ろした。

「朝食の用意ができた。そろそろ起きないと遅刻するよ、私のお姫様」

こめかみにキスをされ、ようやく聖也の意識もはっきりしてきた。

相変わらず朝は弱い聖也である。

もぞもぞとベッドから這い出ると、パジャマのままダイニングルームへと向かう。テーブルには朝食が並べられていた。

将臣が聖也のために淹《い》れてくれたブラック珈琲を、椅子《いす》に座ってゆっくりと飲む。その間に将臣が用意した朝食がテーブルの上に手際よく並べられていく。

ベーコンエッグにマフィン、そして野菜たっぷりのサラダである。

簡単なものではあるが、以前はほとんど家事などやったことがなかった将臣が、聖也のために作ってくれる朝食はどれも格別である。

「ありがとう……将臣」

掃除、洗濯、夕食の準備は中島《なかじま》という古株の使用人にやってもらっているが、朝食は将臣の希望で、彼が作っていた。

彼曰《いわ》く、聖也に一日に一回でも何かをしたいのだそうだ。

愛されていることがしみじみと伝わってきて、聖也の胸をジンとさせる。

毎日のことであるが、朝から幸せをいっぱい感じながら、将臣とともに朝食をとった。

そうしているうちに頭に血が巡り、ようやくしっかりと動けるようになってくる。

朝食を食べ終わると、今度は聖也が洗い物の担当になり、食器を片づけた。その間に将臣は洗面所で身支度をし始めるといった様子で、二人とも手際よく朝の準備をこなす。

「ああ、そうだ。聖也、今日は、昼は武信《たけのぶ》さんと食べる約束をしているから、外に出る」

武信とは将臣の叔父《おじ》で、同性婚の二人を何かと気遣ってくれる優しい人であった。

「わかった。武信さんに新婚旅行のお土産、忘れないで渡してきてくれよ」

「そのつもりだ」

「なら、僕は花藤君を誘って外でランチしてこようかな。有休中、僕の仕事、いろいろとやってもらっているし……」

「じゃあ、これで、二人でランチしてこいよ」

将臣が財布から二万円を抜いて、聖也に渡してきた。

「いいよ、僕が奢《おご》るから大丈夫。それに会社の近所にそんな高い店ないよ」

将臣の気持ちだけ受け取っておく。

「それよりもほら、そろそろ竹内《たけうち》さんが迎えに来る時間だから、早く準備をして」

お抱え運転手の竹内が来る前に、少しだけ歪んでいた将臣のネクタイを直してやると、お礼とばかりにこめかみにキスされた。

「何度、聖也のスーツ姿を見ても脱がしたくなるな」

「今、脱がされたら会社に間に合わなくなるよ」

くすっと笑いながら、少しだけ顔を上げて将臣の唇にチュッと短いキスをする。

「聖也っ！」

我慢ができないという様子で将臣が聖也に襲いかかる。だが――。

ピンポーン。

インターホンが鳴った。

「フフ……竹内さんが迎えに来たかな」

みるみるうちに将臣の顔が絶望に塗られていく。

「くっ……聖也、お前、計算していただろ」

がっくりと項垂《うなだ》れ、文句を言ってくるが、そんな姿の将臣もかっこいいなと思う自分は、相当彼に惚れている。

「どうかな。でも竹内さん、時間に正確だから、予測しやすいかな」

「聖也……、今夜覚えておけよ」

「今夜は駄目だよ。セックスは週末だけだろ？」

一応、お互い社会人なので、聖也の躰の負担も考えて、挿入ありの行為は週末、と二人で決めていた。

それもあって、将臣はぐうの音も出ない様子で表情を顰《しか》めた。そんな彼が少し可哀想《かわいそう》になって言葉を足した。

「……でも、週末まで将臣が我慢してくれたら、少しは激しくしてもいいよ?」

「え!」

将臣の表情がぱっと明るくなる。聖也は自分も大概甘いなと思いながらも、幸せを噛みしめ、笑顔を零した。

＊＊＊

昼休み、聖也は花藤と二人で、スペイン料理の店に来ていた。

価格設定が少し高めなのと、パエリアを頼むと時間がかかり、昼時間いっぱいいっぱいになってしまうのもあって、味はいいのにランチタイムでもサラリーマンがあまりいない店である。

聖也は花藤がこの店を気に入っているのを知っていたので、パエリアを含め、すぐに食べられるようあらかじめ店に頼んでおいた。

「わぁ、本当にいいんですか?　聖也先輩」

「僕が休んでいる間、仕事を代わりにやってくれたから、お礼だよ。といっても、帰ってきてから一週間、ばたばたしたからちょっと遅くなっちゃったけど、ありがとう」

「僕ができることは少なかったですよ。聖也先輩にしかできないものもたくさんあって……。あまり手伝いにならなくて申し訳ないくらいです」

「そんなことないさ。会社に来て、書類が山積みになってなかったのを見て、ほっとしたんだよ。机を見るまで戦々恐々としていたんだ。花藤君が大方片づけてくれていたから、本当に助かったよ」

「聖也先輩が戦々恐々なんて……。でもこの店に連れてきてくれて、嬉しいです」

花藤がにっこりと笑った。学生時代から慕ってくれている花藤の笑顔に、聖也もほっこりとする。

花藤は聖也の後輩に当たり、同じ瑛凰学園の出身である。聖也より一つ年下で、将臣とは同級生だ。

瑛凰学園とは、幼稚舎から高等学校まで擁した日本でも有数の進学校である。世界屈指の企業グループ、東條コーポレーションが世界に通用する日本人の育成を目指して設立したものである。

将臣はそこで生徒会長をしており、聖也もまた巻き込まれて生徒副会長をし、『瑛凰学園の双璧《そうへき》』と呼ばれていた。

いろいろと大変な学園生活であったが、今思うと楽しい思い出がたくさんあり、有意義な時間を過ごせた大切な場所でもあった。

ただ、途中で退学していった将臣の親友、倉持健司《くらもちけんじ》のことだけは今でも気になっている。将臣も聖也に気遣ってか、倉持のことは何も口にはしないが、聖也が嫉妬《しっと》するくらい気の合った悪友であった。気にしていないわけがない。

時間が問題を解決してくれるんだろうか……。

聖也が少しだけ思いを馳《は》せていると、そんな聖也の思いに気づかない花藤が、ハネムーンの話題を振ってきた。

「モーリシャス、どうでしたか？　写真を観ると信じられないくらい綺麗ですけど、実際もあんなに綺麗なんですか？」

「ああ、写真よりも綺麗だったよ。青色があんなにたくさん種類があるなんて、実際目にするまで知らなかったよ」

「いいなぁ……。どんなことをして過ごしていたんです？」

どんなこと……。

ほとんどベッドの上だった……というのは言えない。

「あ……ヘリに乗って『海の滝』を観に行ったのが一番よかったかな」

「うわ、僕も行きたいな。本当に海が割れて見えるんですか？」

　上手く話に乗ってくれたので、これで誤魔化《ごまか》せると思ったが、そう簡単には話は終わってくれなかった。

「あと『七色の大地』はどうでしたか？」

「あ……」

　確かに出発前に花藤に『行きたい観光地』の一つだと言った。

　実際行くつもりであったが――、あったが、ベッドから出ることができず、結局滞在中には一度も行けなかった。

「本当に七色に見えたよ。不思議な感じだった」

　一応ヘリコプターから通りすがりに見下ろしたから、まったく嘘ではないはずだ。だが、あまり突っ込まれるとボロが出てしまうので、早々にこちらから話題を変える。

「カゼラ・ネイチャー&レジャーパークでライオンと散歩したのも楽しかったかな。花藤君も絶対好きそうな感じだったよ」

　ほとんどベッドから出ないハネムーンであったが、最終日にどうしてもライオンに触りたくて出かけたのだ。

　ベッドから出たくないと文句を言いながら聖也の腰にしがみつく将臣を、どうにか宥めて引っ張って行ったのである。

「ライオンと散歩できるんですか？」

「うん、ゆっくりとライオンを連れて一時間くらい園内を散歩するんだけど、スタッフの人がいろいろ指示してくれて、ライオンの尻尾《しっぽ》や背中を触ったりしながら、散歩するんだ。ものすごく可愛《かわい》かった。ライオンも猫なんだなって、改めて思ったよ」

「わあ……いいなぁ。ライオンの毛ってどんな感じなんですか？」

「思っていたよりもずっと滑らかだったかな。尻尾なんてふさふさで、木に登るとき、尻尾がぴゅっと動いて、なんともいえない可愛さだった」

「ああ、想像しただけで可愛いですね。写真あるんですか？　見たいです。木に登るライオン、いいなぁ〜」

花藤がオードブルとして出てきた幾つかのタパスを口にしながら唸《うな》る。

「ライオンだけの写真なら少しあるよ。あとは現地のスタッフの人にデータで貰《もら》ったから、それは家に置いてあるんだ」

聖也はポケットからスマホを取り出し、ライオンの写真を呼び出すと、そのまま花藤にスマホを渡した。

「わぁぁ、二頭もいるじゃないですか」

「ああ、その仔《こ》たちはまだ三歳だって言っていた。ボディは大きいけど、まだまだ子供で、仕草が本当に可愛かった」

「え？　キリンもいるんですか？」

花藤が写真の中からキリンを見つけ、食いつく。

「いいなぁ。僕もハネムーンはモーリシャスに行きたいなぁ……」

しみじみと呟《つぶや》く。花藤のバースもオメガであるが、未だに『番』を持っていない。『運命の番』に憧《あこが》れており、ぎりぎりまで探すとのことだった。

「そのときは、僕もこっそり花藤君についていこうかな」

しんみりしそうだったので、軽く茶化す。すると花藤もそれに気づいたのか、すぐに笑顔を取り戻した。

「聖也先輩が、ですか？　ぜひ、ぜひ。一緒にモーリシャス満喫しましょう」

そのときだった。ふいに声がかかった。

「ああ、貴島さん、新婚旅行から戻っていたんですね」

声のしたほうへ顔を向けると、同期で、営業部のホープと言われる柿崎渉《かきざきわたる》が立っていた。

「柿崎さん、ええ、先週から通常勤務に戻っています。またよろしくお願いします」

聖也は席を立つと、軽く頭を下げた。柿崎も営業スマイルを保ち、話を続けた。

「こちらこそ。貴島さんはこれからも旧姓のままで仕事をするんですか？」

「ええ、同じ部署で苗字《みょうじ》が同じなのも不便ですので、今まで通り貴島の名前で仕事をさせていただきます」

「まあ、アルファ同士で、同性同士。籍は入れられないから、苗字も元々変わらないですしね」

嫌みを言われるが、元より覚悟していたものの一つだ。誰《だれ》もが祝福してくれる立場ではないことも理解した上で公表したのだから、後悔はない。

ただ実際は、聖也はアルファではなく、アルファオメガであるので、十年前から戸籍だけでなくバース管理局の書類上も将臣の伴侶になっているが、それは口外できない秘密だ。

「伴侶になっても部署異動はないんですね」

なんとなく含みのある言い方をされるが、気づかない振りをして答える。

「ええ、東條が部門長に就任した折に、私は彼を支えることを会長から命じられましたから、結婚してもこのまま彼の秘書として在籍します」

将臣の父は東條本家の家長であり、東條グループの幹部の一人だ。この東條グループ傘下の商社、イーステックも含め、幾つかの会社の会長となっている。

東條本家はオメガバース社会において名門と言われる家の一つだ。本家と分家を併せたら、二十数軒にのぼる一大派閥である。

将臣はそこの本家の長男である。聖也や花藤などは分家の出身で、まずそこからある程度の身分差が生じる社会でもあった。

東條本家分家は優秀なアルファを多数輩出し、政財界にもかなり顔が利く。

その頂点に立つのが総帥である。総帥は本家から選ばれるのではなく、本家、分家からアルファとして一番能力が高い者が推挙され、幹部の承認を得てその座に就く。

現在は分家出身の鷹司《たかつかさ》夜源《やげん》という男が就任しており、将臣の父は幹部の一人として、総帥を盛り立てる役を担っている。

本家の家長といえども総帥になるのは難しいということだ。

将臣はその総帥からも気に入られており、またエクストラ・アルファであることを隠すようにも言われていた。

東條のアルファは、将来東條グループの総帥が随一の地位として、学生時代から切磋琢《せっさたく》磨《ま》し合い、熾烈《しれつ》な能力争いをすることが課されている。

このエリートコースを敢えて選ばないアルファもいるが、大抵は野心を持ち、上を目指す。

そんな中で、東條家の本家の、しかも嫡男がエクストラ・アルファだと知られたら、東條グループの総帥の座が将臣にほぼ決まるであろうことは容易に予想がつく。同時に他のアルファの戦意喪失に繋がりかねないことだった。

それは東條グループの質を下げることを意味する。

事態を憂慮した総帥は、将臣がエクストラ・アルファであることを内密にし、緘口令《かんこうれい》を敷いていた。そのため将臣がエクストラ・アルファであることを知る人間は少ない。

ここにいる柿崎は東條家とは関係ない一般のアルファである。当然、将臣がエクストラ・アルファであることも知らないため、将臣をライバル視しているのは、聖也にもなんとなくわかっていた。

「やはり会長の息子という立場だと、いろいろと便宜を図ってもらえるのでしょうか。伴侶を会社でも傍に置いて、仕事に支障が出ないとは限らないのに」

「支障が出ないようにするのが私の務めですので、そこはこれからもしっかりと管理していくつもりです。いろいろとご心配をおかけしてすみません」

聖也はあくまでも謙虚に接した。将臣の敵を無駄に作りたくない。

「フン、なるほど。まあ、これからの健闘を祈ってますよ」

柿崎は軽く答え、そのまま奥の席へと消えていった。聖也がその背中を見送り、ふと正面に座る花藤に視線を戻すと、彼がしかめっ面をしていた。その顔があまりに可愛くて、つい笑ってしまう。

「花藤君、そんな顔をしていたんだ」

「柿崎さん、嫌みったらしいですよね。僕、顔が歪みそうでした」

「歪みそうじゃなくて、もう歪んでいるよ」

「僕、先輩たちと違って、思っていること、すぐに顔に出ちゃうから」

「僕たちと違ってって……花藤君、一言多いなぁ。今日、奢ってあげようかと思っていたけど、どうしようかなぁ？」

「わ～、ごめんなさい。言葉のアヤです。聖也先輩ぃ」

花藤が笑いながら謝ってくる。その笑顔に癒《いや》される。

こうやって聖也たちを心から祝福してくれる友がいることが、何より大切なのだと、聖也は改めて感じた。

＊＊＊

名物のパエリアまで食べて、聖也たちが会社に戻ってくると、昼休みももうすぐ終わるところであった。

将臣の机を見ると、まだ叔父、武信との会食から戻ってきている気配はない。

結婚する際にいろいろと配慮してもらったのだから、礼を欠くようなことはしたくないのだろう。

昼休みを過ぎて戻ってくるかもしれないから、すぐに仕事が始められるよう資料だけはまとめておこうとパソコンを立ち上げようとしたときだった。

「貴島さん」

いきなり名前を呼ばれた。振り返ると同僚の女性が笑顔で近づいてきた。

「伊東《いとう》専務がお呼びでしたよ。貴島さんがお昼から戻ってきたら、部屋に来てくれって」

「ありがとう。じゃあ、今から少し席を外すよ。部門長が戻ってきたら、代わりにこの書類を渡しておいてくれるかな」

「わかりました」

女性が快く引き受けてくれる。

「ありがとう」

聖也は礼を言って、伊東専務のところへと向かった。

伊東専務は東條グループの中に幾つかある派閥の中で、将臣に好意的なグループに属している上司だ。将来、東條グループの総帥を継ぐに違いないと将臣を支持してくれている。ただ将臣はまだ若く、総帥になるのは次の次くらいであろうということで、あくまでも青田買いという状況に過ぎない。いくらでも考えを翻される可能性も含んでいた。

聖也としては将臣の足固めとして、少しでも味方となる人材は欲しいところである。

将臣はすでに、優秀な人間ばかりが集められる東條グループの幹部候補生であり、エクストラ・アルファゆえに現総帥からも一目置かれてはいるが、それでも総帥への道は一筋縄ではいかない。

地位を得るために魑魅魍魎《ちみもうりょう》と化したアルファと水面下で戦い、納得させるだけの後ろ盾とブレインは必要不可欠だった。

伊東専務を取り込むために、心を砕くしかない。

聖也は小さく息を吐いて心を落ち着かせ、専務室のドアをノックしたのだった。

＊＊＊

「え？」

思わず聖也は正面に座る伊東に聞き返してしまった。実際、聞こえなかったわけではない。だが、思わず声が出てしまった。

伊東の顔を見つめていると、彼が小さく笑った。

「君にしては少々考えが浅かったようだな。それとも、君が将臣君と結婚することによって生まれるデメリットを、甘く見ていたのかい？」

彼は緩やかな声で辛辣《しんらつ》なことを口にした。聖也が答えられず黙っていると、伊東はさらに言葉を続けた。

「お互い貴重なアルファであるのだから、繁殖もできない、おままごとのような結婚は早々に終止符を打ったほうが双方のためだろう？　それに将臣君は本家の嫡男だ。本家の当主がどういった考えで君たちの結婚を許したか私には到底理解できないが、お互いのため、ひいては東條グループのためにも将臣君とは別れたほうがいい」

「専務……」

緊迫した空気に触発されてか、聖也の指先に弱い電流が走ったかのようにピリリと痺れが走る。その指先に力を入れてきゅっと拳《こぶし》を作った。

「専務、そのことについては、私たちも充分に話し合いました。話し合って決めたことです。東條の家も含め、すべて覚悟して結婚をすることにしたのです。何卒《なにとぞ》、ご了承のほどを……」

頭を下げるが、その頭上から伊東の声が響く。

「貴島君、君が子供を孕めるオメガならまだ理解できるが、アルファの同性愛者で、政財界のパーティーに同伴すべき伴侶が孕む予定のない男となると、将臣君が将来不利になるのは目に見えている。本当に将臣君のことが大切なのであるなら、別れるのも一つの選択肢ではないかい？」

諭されるように告げられ、聖也は口を噤《つぐ》むしかなかった。

専務の考えは古いが、政財界のトップもほぼ似たような考えをしているのもわかっている。

自分たちの結婚を祝福してくれる人間のほうが少ないことなど以前から覚悟していたことだ。

今さら、将臣とともに生きることを諦めたくない。

不安がないと言えば嘘になる。何度も覚悟をしているにもかかわらず、こうやって直接反対されると、心がざわつくのがいい証拠だ。

将臣の幸せを考えれば、本当は別れたほうがいいのかもしれないと心が揺らいでしまう。

それでも――。

それでも、将臣が自分を必要としてくれる限り傍にいたい。彼の隣で一緒に歩むポジションを誰にも譲りたくはない。その思いだけで踏ん張れた。

それに聖也自身が結婚をしたことに不安を持つと、それは将臣の心の負担にもなりかねない。

いつも聖也を気にかけてくれている彼は、聖也の持つ不安を、すべて自分の不甲斐《ふがい》なさのせいだと思うところがある。それは、聖也が不安を抱けば、それだけ彼を傷つけてしまうことを意味した。

運命の番――。

一生に一度会えるかわからない伴侶。だが出会ってしまえば、心が惹《ひ》かれ合い、どんな障害も乗り越えて番う。それが将臣と聖也の愛を繋ぐ運命だ。

将臣が必要としてくれるからこそ、自分は強くいられる。彼の手を取ったときから、どんな困難も乗り越えていこうと決意した。

「――東條は」

聖也は思い切って口を開いた。前に座る伊東の眉《まゆ》が小さく反応したのを目にする。

「東條はこんなことで総帥の座を逃すような男ではありません。私程度のことで不利になるような男ならば、最初からこのレースに勝ち目などありません。彼は盤石です。ゆるぎないほどに。だからこそ、私が傍にいてもいいのだと思え、そしてそれならば私の能力を駆使してでも、彼に最善を尽くしたいと思っております」

「ほお……」

「僭越《せんえつ》ながら、私も幹部候補生の一人として名が上がった者です。東條将臣を支えるために辞退しましたが、自分の能力もすべて彼に注ぐつもりです」

伊東から目を離さず告げる。しばらく見つめ合っていると、彼の双眸が少しだけ緩んだ。

「ふん、二人分ということか」

「はい」

「だが、将臣君の弱点が君であることは間違いない。君が君であるために、将臣君が盤石でなくなる」

「彼の足を引っ張るほど私が無能だと仰《おっしゃ》るのですか?」

「能力はこの際、関係ないだろう。たとえば、君の命が危ないことがあったら、将臣君は自分の命をなげうってでも君を助けるだろうということだ。この意味はわかるかね?」

伊東の問いかけに、聖也は自分の膝の上に置いていた指先をきつく握った。聖也の躰に力が入ったことに伊東も気づいたのだろう。確認するかのように聖也を見つめると、言葉を付け足した。

「どう言い繕っても、リスクも二倍だということだ」

確かにその通りだ。将臣は自分の命よりも聖也を大切にしている。聖也も然《しか》りだ。それが弱点になろうとも、変えるつもりはない。

お互いがお互いを、いかなるときも一番大切に思い、信頼している——。

聖也はさらに自分の指先をきつく握り、しっかりと伊東に視線を向けた。

「……リスクが二倍だというのなら、それを覆すだけのことです」

彼の表情が驚きに満ちる。だがすぐに呆《あき》れた表情へと変わった。

「まあいい。君の考えはよくわかった。簡単に済む話ではなさそうだな」

「はい。専務のお話がそれだけでしたら、そろそろ仕事に戻ってもよろしいでしょうか。昼の時間も過ぎておりますので」

「ああ、構わない。わざわざ来てもらってすまなかったね」

「いえ、こちらもプライベートのことで専務を煩わせてしまい申し訳ありませんでした。以後、より一層、総帥を目指す者として相応《ふさわ》しい行動を仕事の上で示していきたいと思いますので、東條ともども、どうぞよろしくお願いします」

聖也は一礼し、ソファから立ち上がり、専務室から出ようとした。すると背中越しから伊東が声をかけてきた。

「一度、しっかりと考えてみなさい。お互いに何が一番大切なのか。さらに大切な人を巻き込まないために、どうしたらいいのか。考えてみるべきだ。そうすれば、別れるという選択も見えてくるだろう」

その声に、彼に振り返る。そして社交辞令程度の柔らかな笑みを口許に浮かべた。

「……専務の貴重なご意見、心に留めさせていただきます。ご教示くださりありがとうございました」

聖也はもう一度頭を下げて、部屋を出たのだった。

＊＊＊

老舗ホテルの有名な懐石料理店も、昼時になると、ランチ懐石を目当てに会社勤めらしき女性が大勢並び、華やかな雰囲気を増している。

そんなきらきらした場所に、男二人で食事をするのも気がひけるところであったが、武信が個室を予約しておいてくれたお陰で、悪目立ちをせずに済んだ。

将臣は個室で叔父の武信と二人で、聖也との新婚旅行の話に花を咲かせていた。

武信は、将臣の父の一番下の弟に当たり、幼い頃から将臣のことを気にかけて遊んでくれた、気心の知れた叔父である。

「あの父さんも、学生時代、そんなことをしていたんですか。自分のことを棚に上げて、人のこと言えないですよね」

「ああ、兄さんも今は厳格な態度だが、昔はかなりやんちゃなことをしていたな」

今も若かりし頃の父の話で盛り上がっていた。

「将臣のほうが兄さんに比べたら、しっかりしているぞ。伴侶を学生時代に見つけてしまったしな。聖也君はアルファだが、かなりの美人だ。お前は面食いだったんだな」

武信にも聖也がアルファオメガであることを伝えられていない。これは一族でも、ほんの一握りの上層部にしか知らされていないトップシークレットだった。

昔から良くしてくれている武信に、本当のことを告げられないのは心苦しいが、誰に知らせるかは総帥の判断でもあるので、黙っているしかない。

「叔父さんが、結婚に賛成してくれて、本当に嬉しかったです」

だからせめて叔父には感謝を示したい。

「まあ、確かに将臣が嫡男という立場で、男のアルファを選んだと聞いたときはびっくりしたが、お前が選んだ伴侶だ。間違いはないんだろうなと信じただけだ」

「……ありがとうございます」

小さく頭を下げる。

「それにしても一番驚いたのは、あの兄さんが、二人の結婚を許したことかな。体裁を気にする兄さんが、長男でもあるお前に男の伴侶を許したのが、本当に驚きだ。一体、どうやって説得したんだい？」

「妹が、雅子《まさこ》が味方についてくれて……。妹が結婚して子供を産んだら、私の養子に出してくれると言ってくれて……。妹の迫力に父が負けたというところでしょうか」

「はは……兄さん、雅子ちゃんには弱いからな。じゃあ雅子ちゃんあっての、君たちなんだな」

「ええ、雅子には頭が上がりません」

本当は父もアルファオメガを伴侶にすることをかなり喜んでいたので、男同士であっても反対はなかった。

雅子の話は、半分は本当で、将臣たちに万が一子供ができなかったら、東條家の嫡男の息子として養子に出してくれるとのことだった。

「将臣が総帥の座に就くまでは、まだまだ多くの問題があるかもしれないが、私は応援しているし、お前が総帥になると信じている。聖也君と一緒に東條グループの頂点に立ってくれ。これ以上分家に大きな顔をさせるな。正当な本家の血筋が一番だとわからせてやってくれ」

現在の総師は分家の出身なので、東條本家の出身の叔父としても分家の総師に従うのは面白くないのだろう。

一方、将臣の父は、現総師について不満を口にしたことはないし、協力的でもあるが、そんな父とは違い、叔父はいつか総師の座を本家に取り戻すと息巻いている。

「そういえば、風の噂《うわさ》で聞いた話だが――」

叔父の声が一段と潜められた。将臣は改めて叔父の話に耳を傾ける。

「この東條本家、分家の中でエクストラ・アルファが誕生したという噂が立っているのは知っているか？」

「ええ、根も葉もない噂なら耳にしたことが」

「そうか、お前の耳にも入っていたか。私もそんな稀少種が一族にいるとは俄かに信じがたいが、嘘だという決定的な証拠も摑めていないのもあって、少々気になっている。もし本当なら私の耳に入ってもおかしくないはずだから、ほぼただの噂話だとは思っている。だが、分家の、それもかなり遠縁の家で密《ひそ》かに育てられていたとしたら、ありえない話でもない」

「……そうですか」

将臣はポーカーフェイスを貫いた。

「私はお前がいつか総師の座に就くことを願っているんだ。お前がそのエクストラ・アルファによって失脚させられるようなことがあっては、絶対ならん。気をつけるんだ」

「はい、気をつけます」

そう答えながら、将臣は改めて総師がエクストラ・アルファについて緘口令を敷いた理由がわかるような気がした。

エクストラ・アルファがいる以上、総師の座は出来レースのところがある。そんなレースに正面からぶつかるアルファはあまりいないだろう。皆、諦めて切磋琢磨を怠るか、またはよそへと流出してしまうことは目に見えていて、結果的に東條グループの弱体化に繋がりかねない。

だが害はそれだけにはとどまらないだろう。こうやって水面下で多くの一族が動き、もしかしたらエクストラ・アルファの抹殺を企てる可能性もある。

総師はそういったトラブルを嫌い、緘口令を敷いたのだろう。

将臣にとって、自分のバースを偽っていることは、とても大変ではあるが、いらぬトラブルに聖也を巻き込むかもしれないと思うと、ありがたい処置ではあった。

「叔父さん、またエクストラ・アルファについて新しい情報が入ったら、教えてください」

「ああ、勿論だ。まあただの噂話で終わると思うがな」

「私も油断しないよう、精進したいと思います」

将臣は何かが動き始めていることをひしひしと肌で感じつつ、なんでもないように振る舞い、目の前の料理に箸《はし》をつけた。

＊＊＊

将臣が叔父との会食から会社へ戻ってくると、いるはずの聖也の姿が見えなかった。花藤と人気のスペイン料理のランチに出かけたはずだが、予約などいろいろ手筈《てはず》を整えていたので、休憩の時間内に会社に帰ってこないのは、少し気にかかった。

何もなければいいが……。

自分でも聖也に関してはかなり過保護だと自覚している。だが心配なものは心配なのだ。心配を我慢するほうが、将臣のストレスになるので、つい、聖也を捜すために辺りを見回した。

すると同僚の女性がくすりと笑いを零した。

「部門長、貴島さんをお捜しですか？」

捜し方があからさまだっただろうか。女性は微笑《ほほえ》ましいものを見ているような目つきで笑みを浮かべていた。

「ああ、先に席に戻っていると思っていたんだが……」

「部門長って、いつもはクールで仕事もすごいのに、本当に貴島さんに関してだけは、『大好き』を隠さずに甘々ですよね」

女性の言葉に思わずぎょっとする。

「そ、そんなにわかるかな？」

「ええ、むしろわからないほうがおかしいですよ」

恥ずかしくて顔から火が出そうになった。

「すまない、これからは気をつけるよ」

「いえ、このままで。今まで私たち女性社員は、みんな部門長のことを、あまりにもできすぎて少し近づきがたい人だという認識でいたんです。でも、貴島さんと結婚して、伴侶であることを公表してから、部門長の意外な顔を見られて、失礼ですけど、みんな、とても親近感を持つようになったんですよ。それに部門長と貴島さんを見ていると、私たちも幸せになれるし……」

「幸せになれる……のかい？」

「あ、いえ……あ、はい。ああ、それより貴島さんですよね？　貴島さん、先ほど専務に呼ばれて専務室へ行かれましたよ」

「専務室に？」

伊東専務はいつも将臣を可愛がってくれる上司だ。その上司が、将臣がいないのを見計らって、聖也だけを呼び出したことが気にかかる。

「じゃあ、そろそろ戻ってくるかな。ありがとう、関根《せきね》さん」

将臣は女性に礼を言って、再び自分の席に戻った。

専務は聖也になんの用があったんだ？

覚悟していたことだが、結婚をして、聖也が伴侶であることを公表してから、上層部の行動に気を許すことがなくなった。

将臣に仕掛けても無駄だと悟った対抗勢力が、その矛先を伴侶である聖也に向け始めるのも時間の問題だからだ。

勿論聖也もかなり優秀なアルファである。敵がそれを理解するまでの間だけの話だが、聖也に接触してくる輩《やから》に警戒をしなければならない。

伊東専務も例外ではない。対外的には将臣に好意的ではあったが、聖也を伴侶として発表した今、彼がどう行動するかは予測できない。

果たして、鬼が出るか蛇が出るか……。

そう思ったときだった。ふいに声がかかる。

「東條部門長、先ほど貴島さんから書類を預かりました」

別の同僚の女性が将臣に書類を渡してきた。

「ああ、ありがとう」

「それから営業部の柿崎さんが、お仕事のことで相談があるとお越しですが、お約束がありましたでしょうか……」

顔を上げると、営業部のホープとも言われている柿崎渉が、ドアの向こうに立っているのが見えた。

今朝、今日の午後、空いているときでいいから相談したいことがあると、言われていたのを思い出す。

「ああ、約束をしていた。向かいの会議室を使うから、何かあったら呼んでくれるかな。あと貴島が戻ってきたら、第三会議室にいると伝えてもらっていい？」

「わかりました」

女性の返事を確認し、将臣は悠然と立ち上がった。

「柿崎さん、今からなら大丈夫ですよ。会議室へ席を移しましょう」

柿崎は将臣の一歳上の先輩である。東條家とは関係ない一般出身のアルファで、総帥の座を狙《ねら》える立場ではないが、誰かの思惑で動いていることもあるので油断がならないのは他の東條のアルファと同じだ。

「ありがとうございます。ぜひ相談に乗っていただきたいことがあるので、助かります」

柿崎は営業スマイルを浮かべ、将臣を迎えた。

イーステックが入っているオフィスビルは中央が吹き抜けになっており、その吹き抜けに沿って、幾つかの会議室がぐるりと配置されている。

吹き抜けによる開放感を失わないように、会議室はどれもスモークガラスで囲われており、柔らかい自然の明るさが満ちていた。

将臣はそのうちの一つ、第三会議室で柿崎と打ち合わせをしていた。

「今度発売する香水の内覧会で、少しレトロで上品且《か》つ、ミステリアスな感じを出したいと思っているんです」

柿崎はフランスの老舗の香水専門店の新作を、この日本でクリスマスに発売するプロジェクトのリーダーを任されている。今回はそれについての相談という形で、部署が違う将臣に声をかけてきた。

「アラバスターの石細工で、ちょっとオリエンタルな洒落《しゃれ》た小箱はないでしょうか」

アラバスターとは雪花石膏《せっかせっこう》のことだ。文字通り、白く美しい鉱石で加工もしやすく、美しく細工された工芸品も多い。

「アラバスターですか……。なるほど、確かにフランスの香水にオリエンタルな細工を施した小箱を添えたら、ミステリアスさが増しますね」

将臣は北アフリカ担当なので、アラバスターの産地の一つとして有名なエジプトにはツテがたくさんある。柿崎はそれを頼りに来たのだろう。

「幾つかアテがあります。後で資料をお渡ししましょう。アラビック模様のものもたくさんありますから、気に入ったものが見つかるかと思いますよ」

「ありがとうございます。助かります。内覧会には少し細工のいいものが欲しい。クリスマス商品ですからね。予算が下りれば汎用品にも本物のアラバスターをつけたいんですが……。まあ、それが無理でも似たようなものをつけたいと思っているんです」

柿崎は一つミッションが済んだとばかりに肩の力を抜いて、椅子の背凭《せもた》れに躰を預けた。

「とっておきのプレゼントにしたいんですよ。彼氏に買ってもらってもいいし、女性が自分でも買いたくなるような、そんな特別な香水にしたいんです。繊細なガラス細工の瓶にきらめく薄桃色の液体。されど少し大人の雰囲気を持ったミステリアスな雰囲気。部門長のお陰でイメージに近づきました。ありがとうございます」

柿崎が殊勝にも頭を下げる。それは本当に仕事の話だけで将臣のところに来たのかもしれないと思わせるものだった。

将臣は仕事ならと真摯《しんし》に自分の意見を口にした。

「今、ふと思ったのですが、汎用品につけるものは折り畳めるものがいいかもしれませんね。女性のポーチにも入るような大きさであれば、旅行先でアクセサリー入れなどに使えます。勿論、そうやって使いたいなって思わせるほどの出来栄え、優れたデザインでないといけないですが」

「なるほど、それも検討してみます。ありがとうございます」

「じゃあ、話はこれで終わりですね。私は仕事に戻ります」

そう言って将臣が椅子から立ち上がったときだった。

「東條部門長、エクストラ・アルファってご存じですよね？」

いきなり柿崎が切り出してきた。だが将臣が動じることはない。

「ええ、私たち東條一族は子供の頃に、他とは違うバース社会についての教育がありますから、そのときに習っております。東條の人間、特にアルファの人間なら耳にしたことのある単語です」

ごく常識的な範囲で答える。すると柿崎が将臣の対応に少し不満げな表情を零し、そしてさらに続けた。

「巷《ちまた》で部門長がエクストラ・アルファではないかと騒がれていますよ。同時に貴島さんは実はアルファオメガではないかということも」

あまりにもあからさまな探りに、将臣は呆れて、つい笑みを浮かべてしまった。それと同時に、柿崎が『アルファオメガ』という言葉を口にしたことから、彼がなんらかを知っていることを確信する。

そのバースを知っているのは、ごく限られた人間だけだ。何しろ国家機密のバースなのだから、東條の出身でもないただのアルファが知っていいバースではない。

将臣は柿崎がどこまで知っているのか、逆に探りを入れた。

「貴島がアルファオメガ？　なんですか？　アルファオメガって……。初耳です。どういったバースなんですか？」

柿崎は聞き返されるとは思っていなかったようで、あからさまに動揺した。

「あ……いや、私も巷の噂で耳にしただけですが。エクストラ・アルファは自分の番をその能力で強制的にオメガにできるらしいんですよ。それで特にアルファの人間がオメガに変異させられた際に使われる名称で『アルファオメガ』というバースがあるそうです」

その説明に将臣は俄かに目を見開いて、初めて聞いたかのように驚いてみせた。

「恐ろしいですね。絶対的アルファを超越しているという進化形バース、エクストラ・アルファにそんな能力もあるんですか……。私もオメガにされないように気をつけなくてはいけないですね」

冗談を交えて答えると、柿崎も人の食えない笑みを零した。

「気をつける？　あなたがエクストラ・アルファだというのに？」

痺れを切らしたのか、ストレートに告げられる。駆け引きが上手くないのか、または彼によほどの確信があるのかのどちらかなのだろう。

将臣はフッと余裕の笑みを浮かべた。

「もしそうだったら、どんなによかったでしょうね。私も貴島との結婚をもっと大勢の人に祝ってもらえたでしょう。ご存じだと思いますが、私と貴島の結婚を快く思っていない人たちも大勢いるんですよ。優秀種アルファであるのに、子孫を残さないことに一族からも非難囂々《ひなんごうごう》です。ですが、それももし私がエクストラ・アルファなら、すべてが丸く収まり、万々歳になるところですよ」

将臣はそう言いながら踵《きびす》を返し、ドアへと向かった。

「公表しないのは何か理由があるから……とも考えられますが？」

柿崎の声に、将臣は肩越しにちらりと彼を見遣る。

「憶測もいいですが、柿崎さん、あまり噂に翻弄されませんように。アルファが他のバースに変異させられるなんてありえない。アルファは絶対種だ。もしエクストラ・アルファに他人のバースを変えられるような能力があったら、国が黙っていないでしょう。では、失礼します」

将臣はそのまま会議室から出る。もう背後からは柿崎の声は続かなかった。

■　Ⅳ　■

「ありがとう、竹内さん。また月曜日によろしくお願いします」

聖也は将臣のお抱え運転手の竹内に礼を言うと、将臣と二人、マンションの前で車から降りた。

そのままセキュリティチェックをして大きなエントランスをくぐると、ホテルのロビーのような豪奢な空間が二人を出迎えてくれる。

コンシェルジュから柔らかな声で『お帰りなさいませ』と声をかけられたのを笑みで応《こた》え、エレベーターに乗り込んだ。

「駄目、将臣。ここに監視カメラがあるのを知っているだろう？」

エレベーターに乗った途端、腰を引き寄せてきた将臣の唇を素早く手で押さえる。すぐにその手を掴まれ、指先にチュッとキスをされた。

「別に新婚なんだから、万が一、この映像を見た人がいても許してくれるさ」

「いやいやいや、僕は許さないぞ。こんなところでいちゃついていたのを見られたら、このマンションにいられない」

恥ずかしくて、将臣に捕えられていないほうの手で自分の顔を隠す。

「聖也は真面目《まじめ》だからな」

将臣がくすりと笑い、聖也の隙《すき》を突いて隠し切れていなかったこめかみに唇を寄せた。

「こら、将臣」

「これくらいだったら、ちょっと引っついたくらいにしか見えないよ」

「都合のいいことを言って……もう」

「そんな可愛い顔で睨まれると、もっとキスをしたくなるから、控えてくれないか」

「可愛い顔なんてしていないぞ」

「自覚がないのなら、やっぱりここでキスをしないといけないな」

「わ、将臣！」

そうやってエレベーターの中でわちゃわちゃしているうちに、最上階へと到着する。

唇同士でキスをしていなかっただけで、結局は監視カメラの前でいちゃいちゃしていたことには変わらないので、聖也としては不本意な結果だ。

エレベーターを降りた先は、落ち着いた色で統一されたロビーで、その先に二人が住む部屋のドアが見えた。ドアまでのわずかな距離を二人で並んで歩きながら、軽く指先を絡ませる。ちょっとした触れ合いがお互いの心を満たした。

だがやっぱり聖也には恥ずかしくて、自分のことは棚に上げて将臣を責めてしまう。

「……お前、ちょっと浮かれすぎ。結婚式挙げてから、いろいろと大胆なんだけど……」

そう言いながら、部屋のドアを開けた途端、将臣が背後から覆い被《かぶ》さってきた。わっと思いながら振り返るも、すでに視界は彼の顔のアップで焦点も合わなかった。

「んっ……」

抵抗する気も薄れ、しばらく唇を塞がれていると、将臣が満足したようで、やっと唇を解放し、そしてはぁ……と長く息を吐いた。

「最上階になんてするんじゃなかった。ここまで来る時間が我慢できない。苦痛だよ」

「そんなのお前だけじゃない。僕も我慢しているんだ。だからお前も我慢しろ」

「せ、聖也っ！」

きつく抱きしめられ、そのまま玄関で押し倒されそうになる。

「将臣、とりあえずスーツを脱いで、お風呂《ふろ》に入ってから」

「我慢できないだろ、そんなの」

「お風呂、一緒に入ってやるから、我慢しろ」

「我慢する」

彼がお犬様よろしく、ないはずの尻尾を大きく振っているのが見えた気がした。


バスルームの窓の向こう側には、ライトアップされた東京タワーが夜空にくっきりと浮かび上がっている。

ニューヨークに比べて、大地を埋め尽くすような建てられ方をした高層ビルがまだまだ少ない東京の夜空には、東京タワーの他に、星が輝く様子も望むことができる。

タワーマンションからの景色は、ちょっとした絵画のようだ。

二人はジャグジーバスに、モーリシャスで買ってきた乳白色の入浴剤を入れて、ゆったりとしたバスタイムを楽しんでいた。

東京の夜景に浮かぶようなバスルームは、壁一面マジックミラーになっており、外からは勿論二人の姿は見えないようになっている。

二人は乳白色のお湯に浸《つ》かりながら、向かい合って座っていた。

「聖也、そういえば、今日の昼、伊東専務に呼ばれていただろう？　なんだって？」

「え……」

ドキッとした。あまり将臣の耳に入れたくない内容だったからだ。

「わざわざ私がいないときに、聖也だけに話したんだ。あの男の話の内容は、大体予想はつくが、お前が悩むことはないからな」

どうやら将臣も大方何を言われたか、わかっているようだった。

「別に悩んではないよ。将臣とは別れる気はないって、やんわりと断ってきたから」

「ふん、やっぱり私とお前の結婚に苦言を入れてきたか。私の前では文句はありません、みたいな顔をしているのにな」

伊東の顔を思い出しているのか、将臣の表情が歪む。

「でも、専務もお前のことを心配してのことだから、そんなに敵視するなよ。彼が後ろ盾になってくれれば、他の煩《うるさ》い連中の口を塞ぐことも可能なんだから」

「はぁ、出世ゲームみたいな莫迦なことに労力を払っているなんて無駄としか思えないな。だが、私がエクストラ・アルファだと公表すると、今まで以上に面倒なことになるのも理解できるから、まったく参ったものだな」

将臣がバスタブの縁に背を預け、天井を見上げる。黒い髪についた水滴が、彼の鍛えられて張りのある胸板に滴り落ちた。

初めて躰を重ねたのはお互い高校生で、あの頃は将臣もまだどこか華奢《きゃしゃ》なところがあった。だが、今はすっかり男の色香も増し、体躯《たいく》も欧米人と並んでも見劣りしないほどに成長していた。

聖也の躰の芯にぽつりと情欲の灯火《ともしび》が宿る。

熱っぽい瞳で彼に見惚《みと》れていると、天井を見ていた彼の視線が聖也に戻される。ばちりと視線が合ってしまい、今さらなのに心臓が跳ね上がった。

どぎまぎしていると、将臣の双眸が優しげに細められた。本当に愛されているんだなと実感できる彼の動作の一つだ。

「お前には辛い思いはさせたくないし、させるつもりはなかったんだ。だが、実際はいろいろと嫌な目に遭わせているな……」

彼の優しい瞳の中に少しだけ傷ついた色が見えた。そんな彼さえ愛しくて、聖也は彼の頬に手を伸ばし、そっと撫でた。

「違うよ、将臣。お前と一緒にいることを選んだのは僕だ。嫌なことがあっても全部承知している。それにアルファオメガは、一般的には覚醒《かくせい》したら社会から隔離されるのが当然とされている。建前は国家の至宝だの、世間の悪から守るためだの言われているが、結局は優秀種アルファを産む道具のようなものだからね」

「自分を道具だなんて言うな」

彼が眉間《みけん》に皺《しわ》を寄せる。そして手を伸ばし、聖也を抱きしめてきた。

「お前は私にとってこの世界でたった一つの命より大切な宝なんだ」

そんな言葉を耳にし、聖也は将臣の肩に頭をことりと載せた。

「わかっているよ、将臣。お前は僕のことを本当に大切にしてくれている。僕を隔離することなく、自由を与えてくれている」

「当たり前だ。私のせいで聖也に不便を強いているんだ。隔離なんて絶対させないし、そんなことをする輩がいたら、全部容赦なく排除してやる。お前をアルファオメガにしたのは私なんだから……」

「ふふっ、もっと将臣は悪に徹さないといけないな。優しいから僕のことでそんなに傷つく。傷つかなくてもいいのに。僕はお前と一緒になれるのなら、別にオメガでも構わないって言っているのに」

「前にも言っただろう？　私のせいで、お前に不自由はさせないと決めている。お前のバースのこともそうだが、それに縛られるようなことは絶対させない。お前が私を守ってくれるように、私もお前を守っていくんだ。それが伴侶というものだろう？」

将臣の肩口から顔を上げると、彼の唇が目尻に落ちてきた。そしてそのまま頬に滑り落ち、耳の後ろの窪《くぼ》みを舐められる。あっと小さな声を上げると、彼の柔らかい唇は聖也のうなじにしっとりと吸いついた。

じんとした痺れに身を任せていると、今度は彼の指先が聖也の下半身に触れてくる。途端、先ほどから躰の芯に灯《とも》っていた火が再び勢いを増した。聖也の躰に淫らな熱が広がっていく。

「あぁっ……」

「色っぽい声だな。そんな声聞かせられたら、我慢できない」

「聞かなくても我慢できないだろう？」

「確かに。元々我慢する気もないしな」

彼の唇が聖也の唇に触れる。そして下唇を甘噛みされながら命令された。

「聖也、立って。お前を味わいたい」

嫌な予感が一瞬脳裏を過《よぎ》ったが、将臣の熱を受け止めたいという欲望のほうが勝ってしまった。彼の熱を受け止められるなら、少しばかり恥ずかしい思いをしても構わない。

聖也は躊躇《ためら》いながらも、将臣の目の前でゆっくりと立ち上がった。オメガとして覚醒して十年。その躰も将臣によって造り変えられてしまった。

アルファを誘うために美しく輝く種、オメガの特性が、元々美しかった聖也をさらに美しくさせている。

将臣が聖也の女性とは違う、しなやかな躰のラインを上から下までしっかりと堪能するかのように眺める。ひとしきり見つめると、彼の手が聖也の下肢にひっそりと息づく劣情に触れてきた。その動きがとてもエロスを匂《にお》わせ、聖也は居たたまれず目を瞑《つむ》る。するといきなり腰を引き寄せられた。

「あっ……」

バランスを崩して倒れそうになり、彼の肩越しにバスタブの縁に手をかけた。それと同時に聖也の下半身に生温かい感触が広がる。将臣が聖也の下半身を口に含んだのだ。

「将臣っ……んっ……」

反射的に聖也は腰を引いてしまったが、強く腰を掴まれ動きを止められた。そのまま劣情の先端をきつく吸われる。

「あぁぁっ……」

嬌声がバスルームに響き渡った。その声に気をよくしたのか、将臣の舌の動きが激しさを増し、音を立ててしゃぶられる。

「あっ……あぁぁ……まさ、おみ……はげ……しっ……い……」

思わず彼の髪に指を差し入れてしまう。

「まずはお前を味わいたい……」

亀頭の先端を舌で押し込まれながら、恥ずかしいことを告げられた。

「なっ……」

羞恥で全身がピンク色に染まる。

「な、いいだろう？　明日は休みなんだ。少しでも長くお前を独り占めしたい」

どこかに逃げたくなるが、彼の両手が聖也の腰をがっちりと摑み、それも叶わない。しかも将臣の指先は聖也の臀部《でんぶ》へと回り、用意周到に臀部の狭間《はざま》に潜む柔らかい蕾へと這わされていた。

「んっ……」

彼の指の腹が蕾に優しく触れただけで、声を漏らしてしまう。与えられる快感に期待して、聖也の躰はぞくぞくと淫靡《いんび》な痺れを感じた。

「あっ……」

裏筋を甘嚙みされながら蕾を刺激される。なかなか中に入ってこない将臣の指に焦れて、聖也はつい腰を揺らしてしまった。すると、するりと将臣の指が中に入ってきた。

「んっ……」

聖也の弱いところを知り尽くしているいやらしい指が、縦横無尽に快楽を掘り起こしてくる。

「や……将臣っ……本当にまずい……出るから……やめ……て……あぁ……」

懇願したのに、将臣は聖也の屹立を口から外すことはなく、それどころか両手の人差し指を蕾に挿入してきた。二本の指がばらばらに動かされる。

「あっ……」

聖也の下半身が昂《たかぶ》り、頭を擡げ始める。

「放して、将臣……っ」

再度、どうにかして将臣の頭を股間《こかん》から引き離そうとしても、彼からもたらされる快感のせいで、指になかなか力が入らない。

「早くお前の蜜を飲ませろ、聖也」

「だから……まさ……みっ……」

唐突に射精しそうになって、聖也は歯を食い縛った。何度もこういうシチュエーションでフェラチオをされたことはあるが、やはり回数をこなしていても、将臣の口腔《こうこう》へ吐精するのはかなり抵抗がある。

聖也が耐えていると、下肢に熱い吐息が当たった。将臣が吐息だけで笑ったのだ。それがわかり、彼を涙目で上からキッと睨むと、彼は人の悪い笑みを浮かべていた。

「聖也、もう諦めろ。強情を張ってもお前が辛いだけだぞ？　私はお前の蜜を飲めるなら、手段は選ばないからな」

「そんな……ひど、い……っ……」

「酷《ひど》くないだろう？　お前をもっと可愛がりたいだけだ。お前を悦ばせるのが私の使命だからな」

　将臣はそう言いながら、聖也の左右の蜜袋を口腔に含んだ。得も言われぬ快感に眩暈がした。

「あっ……もう……だめ……アァッ……」

　バスタブのお湯がバシャバシャと激しく波打った。全身の血管が沸騰しそうになる。

　達きたい……。

　その言葉しか考えられなくなっていく。

　後ろを貫く指の動きが激しさを増す。二本の指は聖也の蕾を柔らかく伸ばして開かせたかと思うと、激しく左右に振られた。だが将臣自身はそこに挿入されることなく、焦らしに焦らされる。

「あ、あ……将臣……あっ……そんなにきつく……吸うな……あ……」

　貪欲《どんよく》に将臣に下半身をしゃぶられ、聖也の口許から零れる吐息がどんどんと荒くなっていく。

「はぁ……っ……」

目の前がスパークしたかと思うと、ふわりと真っ白な空間に投げ出される。瞬間、聖也は己の熱を吐き出してしまった。

「あぁぁぁぁぁっ……」

熱いうねりは将臣の口腔へと放たれる。

「や……飲まないで。飲むなぁ……あぁぁ……」

だが、彼は絶対放さないとばかりに、聖也の屹立に強く吸いついた。そして上目遣いで聖也を見つめてくると、目の前で見せつけるかのように聖也の精液を嚥下《えんか》した。

「あっ……」

その淫らな様子に感じてしまい、聖也はまた吐精する。それも将臣は呑み込んだ。そしてまだ足りないとばかりに、何度も吸い上げられる。

「あっ……ああっ……ああ……」

聖也はただ腰を揺らして、蜜を吸われるままだ。

「甘いな、たまらない」

将臣がにやりと笑って合間に囁いてきた。

「はぁはぁ……な、何を……。甘いなんて……ありえない」

「本当だ。甘くて蕩けそうだ」

そう言いながら将臣は、聖也の残滓《ざんし》で濡れていた口許を手の甲で拭《ぬぐ》い、その手の甲をまた舌で舐め取った。

「いい眺めだな。お前の雄を好きなようにしながら、こうやって可愛い乳首を見上げるなんて、私だけの特権だ」

満足そうに双眸を細めて聖也を見つめてきた。

「私のすべてはお前のものだ。お前が私を使役し、支配すればいい、聖也。その代わり、お前のすべてを私は貰う」

再び将臣の指が聖也の後ろに回ったかと思うと、するりと蜜路に指を侵入させてきた。

「あっ……」

「もう柔らかくなってきているな」

「ちょ、ちょっと、将臣、ベッドに行かないか？」

無駄とはわかりつつも、一応提案してみる。案の定、将臣は不服とばかりにぎゅぅっと聖也の腰にしがみついてきた。

「我慢できない」

こういうときばかり、一歳年下という立場を利用して、甘えるように言ってくる。勿論これも彼の計算のうちだとわかっているが……わかっていていても、つい許してしまう。

なぜなら聖也も将臣のことを愛しており、彼と繋がりたいという思いが強いからだ。

「聖也、私の上に乗ってくれ」

快感の焔《ほのお》が未だ燻《くすぶ》り続けている将臣の瞳が、聖也に向けられる。聖也はそれだけでさらなる欲望を感じずにはいられなかった。

「上って……」

意味はわかっているが、なかなか躰が動かない。すると将臣は待てないとばかりに聖也の腰を掴み上げ、そのまま自分の屹立の上に聖也を下ろした。

「あぁぁあぁぁ……」

自分の躰の重みでずぶずぶと将臣を呑み込んでいく。騎乗位は初めてではないが、このストッパーもない隘路《あいろ》へ押し込まれる異物に対して、毎回なんともいえない恐怖と快感を抱いた。聖也は肌を粟立たせる。

「はあぁっ……」

奥に男の鉄杭《てつくい》がまっすぐに穿たれる。途端、聖也は反射的に灼熱の肉棒を締めつけた。

「っ……いい、聖也……」

熱っぽい声で耳元に囁かれただけで、聖也の下半身が甘く打ち震える。乳白色のお湯から己の昂りが透けて見えた。

「お前の下半身も硬くなっているな。私の腹に何度も当たって存在を訴えてくるぞ。可愛いな」

「莫迦……」

罵倒《ばとう》したのに将臣はそれに小さく笑いながら、舌先で聖也の勃ち上がった胸の小粒を刺激した。

「あっ……」

「ここも硬くなっている」

「っ……、お前がそういう躰にしたからだろう？」

「ああ、私が愛をいっぱい注いで育てた。私の愛撫《あいぶ》にきちんと応えてくれる優しい聖也は最高だ」

ちゅうっと音を立てて乳首を吸い上げる。そして舌を絡ませ、こりこりとした硬さを愉《たの》しみ始めた。挿れられたままの聖也にとってはたまったものではない。熱を煽られて生殺しのような状態だ。

「あ……もう……将臣、動いて……っ」

聖也の望むことなど、この男にはとっくに承知であろうに、動くことなく聖也の乳首を弄《いじ》り、さらに熱を煽ってきた。

「あぁっ……」

舌で弄《もてあそ》ばれている乳首とは違う乳首を、指で摘《つ》ままれる。鋭い痺れが下半身を直撃し、聖也の脳天へと走り抜けた。

「あぁあ……」

聖也の、しなかやかな背中が綺麗なカーブを描いて仰け反る。

「乳首だけで、そんなに感じるなら、もう私はいらないか？」

そんな意地悪なことを言う将臣を無言で睨み、彼の下半身を思い切りギュッと締めつけてやった。

「くっ……」

彼の表情が大きく歪み、前に屈《かが》んだ。聖也の中にある楔もびくびくと大きく震え、彼が大いに感じたことを如実に知ることができた。

「将臣、お前もこれくらいで感じるなら、竹輪の穴でもいいんじゃないか？」

お返しである。聖也は快感で表情を歪める将臣を、蠱惑的《こわくてき》な笑みを浮かべ見下ろした。

すると彼がすぐに降参をするように両手を軽く上げた。

「ったく、我がお姫様には本当に敵《かな》わないな」

将臣は聖也の両脇を鷲摑《わしづか》みにすると、そのまま己の欲望をズルリと引き抜く。

「え……？」

動いてくれるものだと思い込んでいたので、抜かれてしまい驚く。が――。

「あぁぁぁぁぁぁっ……」

一気に一番奥まで貫かれた。あまりの衝撃に、一瞬痛みを恐れたが、さすがに十年将臣と肌を合わせているだけあって、痛みどころか、凄絶な快感が聖也を襲ってきた。

その証拠に、聖也の下半身が勢いよくそそり立っている。

「あ……あ、だ……め、激し……すぎ……るっ……あぁ……」

上下に荒々しく責められ、己の劣情が将臣の下腹で激しく擦られる。

「聖也……っ……」

「あっ……あっ……ああ……」

恐ろしいほどの快感と渇望が聖也を翻弄する。

聖也の背中が快感にしなる。将臣はそんな聖也の腰を摑んで、容赦なく上下に激しく動かした。

「ああっ……もうっ……あああっ……」

躰中を暴走していた熱い塊が聖也の先端から迸《ほとばし》る。生温かいそれは将臣の下腹部をしとどに濡らした。それと同時に聖也の中で強い圧迫感が生まれた。将臣が熱い熱情を吐き出したのだ。

「聖也、愛してる……」

「僕……も……愛して……る……将臣……っ……」

彼に手を差し伸べると、その手をきつく摑んでくれた。そしてその手の甲に将臣は自分の頰を擦りつけ、愛していると何度も囁き、口づけを落とす。

将臣に愛していると言われるたびに、聖也の胸に幸せが満ち溢れ、心が温かくなった。

彼と番になれた運命に感謝してもしきれない。

こんなに愛しく、そしてその愛しい人に愛されるという奇跡――。

聖也は将臣の胸にそっと頭を預けたのだった。

＊＊＊

結局、金曜日の夜から、土曜日、そして日曜の朝まで、必要最低限なことは別として、二人はほとんどベッドから出ることはなかった。

もう聖也の足腰はほとんど役に立たない。こんな調子ではとても月曜日に出勤できるはずもなく、日曜日の朝、将臣が新聞を取りに立ち上がった隙に、聖也はどうにかしてベッドから逃げ出した。

そして今、二人はダイニングルームで、将臣の作った朝食を食べながら向かい合って座っていた。

「聖也は真面目すぎる……」

将臣が未練がましくじっと見つめながら、文句を言ってくるが、こちらも負けじと見つめ、言い返した。

「この状態を真面目と言うのは、なかなか無理があると思うけど？」

「大体、普段は朝が弱いくせに、日曜日の今日に限って、さっさと起きるなんて、酷いじゃないか」

「金曜日の夜からこの日曜日まで、いくらなんでも僕の体力も限界だ」

「強壮剤が欲しいというのなら、取り寄せる」

真面目な顔をして答えてくるので、テーブルの下で、彼の足を軽く蹴《け》ってやる。

「痛い……。どうせなら鞭《むち》より飴《あめ》が欲しい」

「前払いで散々あげただろう？　それにせっかくの休みなのに、ベッドだけというのも寂しい。僕はセックスだけじゃなくて、他のいろんなことも将臣と一緒にしたいんだけど、将臣はそうじゃないのか？　もしかして僕の躰だけが目当てなのか？」

「まさか、そんなわけあるはずがないじゃないか！」

必死な顔で将臣が否定してきた。聖也はしめしめと思いながら、にっこりと笑みを浮かべた。

「じゃ、朝食食べたら、洗濯しようか」

「え？」

彼が固まる。

「……う、嵌めたな」

「嵌めたな、じゃないよ。大体、中島さんに、あのベッドのシーツを洗ってもらおうなんて思っていないだろうね？」

あまりの激しい行為に、途中で一度シーツを替えたのもあり、キングサイズの大きなシーツが二枚、今、洗濯機の中に入っていた。

「洗ってもらえばいいじゃないか。運命の番のベッドシーツだ。向こうも承知しているだろう？」

さも当たり前のように言う将臣に、聖也は軽く唸る。

「あんなぐしゃぐしゃの痕《あと》残りまくりのシーツ、中島さんに見られたら、僕は軽く死ねるぞ」

「じゃあ、そんなに気になるなら、クリーニングに出せばいい」

「クリーニングって……。お前はどういう神経をしているんだ？　自分で洗って証拠隠滅するのが普通だろう」

「まったく恥ずかしがり屋だな、聖也は」

にっこり笑ってそんなことを言う将臣に眩暈がする。

「お前が、デリカシーがなさすぎるんだ。あんなシーツ、他人に洗ってもらおうなんて思うお前の神経が信じられない」

「二人がとても愛し合っていて、絶対他人の入る隙もないって知らしめる一つのチャンスだと思っていたが？　聖也はただでさえも魅力的なんだ。どこの男や女が惑わされるかわからない。機会があれば、二人のラブラブぶりを周囲に見せつけてやりたいくらいなんだが」

「それなら、シーツじゃなくて、他の方法にしてくれ。とにかく洗濯をするぞ。それから洗濯が終わったら、いろいろと食材を買いに行こう。休日くらいは夜、お前に手料理食べさせてやりたい……」

怒っていたはずなのに、最後はやっぱり将臣のために何かしたいという思いが溢れてしまい、もごもごと小さな声で提案した。

ちらりと将臣のほうを見ると、彼が本当に幸せそうに微笑んでいるのが目に入り、聖也のほうが恥ずかしくなる。見ていられず視線を彼から逸《そ》らした。

「あ……だから、朝食食べ終わったら、洗濯、しような」

とってつけたような言葉を続け、もう一度彼に視線を戻すと、将臣が大きく頷いたのが見えた。

「よし、綺麗にシーツを洗うか。その代わり、夜はお前のお手製ハンバーグが食べたい。聖也のハンバーグは世界一だからな」

「世界一って……」

嬉しそうに子供のようなリクエストをする。クールで難しい仕事を難なくこなしている将臣しか知らない人間が、こんな彼を見たら驚くに違いない。

「チーズ入りにする？」

「チーズ入りがいいな」

デレっとした顔で答えてくる。本当に聖也に関しては、人類最高種、エクストラ・アルファである将臣も形なしといったところであろうか。

そんな将臣を愛しく思う自分も、相当彼に惚れているのだからお互いさまであるが。

「さて、僕は食器を片づけるから、将臣は寝室を掃除してくれる？　中島さんに痕跡《こんせき》を見つけられるようなヘマはしないように。僕もこっちが終わったら、掃除を手伝うよ」

椅子から立ち上がり、食器をキッチンに持っていこうとすると、将臣が何かを思い出したように、そういえば、と口にした。

「昨日言い忘れたんだが、聖也、柿崎を知っているか？」

「柿崎さん？　営業部のホープだよな」

スペイン料理の店で挨拶《あいさつ》を交わした柿崎を思い浮かべる。

「柿崎がアルファオメガのことに何か勘づいているかもしれないから、彼に気をつけてくれ」

「柿崎さんはお前にかなり対抗心を燃やしていそうだから、いろいろと情報を集めているかもしれないな。金曜日の昼に会ったときも、お前のことを意識していたし……」

「柿崎に会ったのか？」

将臣が驚いたように尋ねてくるので、下手に勘違いされないように聖也は慌てて説明した。将臣の嫉妬は結構面倒臭いのだ。誤解を招きそうなことは早々に説明し、保身に走る。

「会ったって……。ほら、花藤君とランチしただろう？　あのときに偶然会って……あ、今思うと偶然じゃなかったかもしれないな。まあ、そのとき、ちょっと言葉を交わしただけなんだけど、お前のことをかなり意識している感じはしていたな。でも大概のアルファはみんなああんな感じだから、適当にあしらっておいたんだけど……。これからはもう少し注意しておくよ」

「ああ、聖也のことだから、上手く躱《かわ》せるとは思うが気をつけておいてくれ。あいつ、絶対聖也に惚れている」

「な、気をつけろって、そっちか？」

思わず聖也はガクッと項垂れる。

「勿論アルファオメガのこともだが、あいつが聖也を狙っているのも確かだ」

いたって真面目な顔をして告げてくる将臣を目にし、溜息が出そうになった。

「はいはい。将臣も会社の女子社員から狙われているんだから、気をつけてくれよ」

冗談交じりに言ってやると、今度も大真面目な顔をして答えてくる。

「私は聖也一筋だから大丈夫だ」

そんなことを真摯に伝えられたら、さすがの聖也も頬が熱くなる。誤魔化すためにさっさと食器をキッチンに持っていこうとすると、将臣がすかさず椅子から腰を浮かし、聖也の頬にキスをした。

「聖也も私一筋にしてくれよ」

「……当たり前だ」

恥ずかしいが、大切なことはきちんと言葉にして伝えると決めているので、小さな声ではあるが本音を告げる。告げた途端、将臣が幸せそうに笑ってくれ、やっぱりきちんと伝えてよかったと思えた。

「じゃあ、私は掃除をしてこようかな。聖也に褒めてもらえるように、しっかり情事の痕を消してくるか」

もう一度、頬にキスをしてから将臣が立ち上がり、寝室へと向かった。聖也も将臣の背中を見送り、冷めない頬を片手で押さえながら、食器をキッチンへと運んだのだった。

その後、すぐに面倒臭がる将臣を焚《た》きつけながら寝室を掃除し、近くのお気に入りの、オーガニック食材を豊富に扱っているスーパーへ二人で買い物に出かけた。

夕食の材料を選びながら、平日に食べるつまみも買う。平日の夕食は帰りが不規則なのもあり、すべて中島に任せているが、自分たちで食べたいものもあるので、ちょっとしたものを買い足すのだ。

食材を吟味する聖也の後ろに将臣がカートを押しながらついてくる。ふと気づくと、冗談で変なものが買い物カゴに入っていたりして、それで将臣と小さな言い合いというのか、他人から見るといちゃいちゃしているとしか見えない会話を交わしながら、買い物を進める。

二人ともお互いの好みはわかっているので、お互いを思いやりながら食材を選ぶ。愛する家族のために食材を選ぶというのは、本当に愛のある行為の一つだと思う。

愛する人がこれを食べたときの笑顔を見たい。それに尽きるのだから。

そうやって買い物を終え、将臣の運転でマンションに戻り、食材を冷蔵庫にしまっているうちに、一息つくために珈琲を淹れてくれるのは将臣の役割だ。

珈琲を飲みながら、平日に録画していた番組を見つつ、二人で過ごす。そうしているうちにシーツも乾き、証拠隠滅も完璧《かんぺき》にこなす。

夕方になり、二人でハンバーグを作り始める。聖也がハンバーグのタネを作っている間に、将臣がサラダを作る。もう十年も一緒に暮らしていると自然に役割分担ができていて、阿吽《あうん》の呼吸で手際よく料理も進んでいく。

将臣の健康も考えて、玉ねぎの他に椎茸《しいたけ》も細かくみじん切りにして炒《いた》める。椎茸の独特な風味と食感が意外とハンバーグに合い、今や我が家の定番のハンバーグとなっていた。

勿論、将臣のリクエストのチーズもハンバーグの中心に入れる。

主に聖也が料理を作るが、洗い物などの雑用は並行して将臣がやってくれるので、二人でてきぱきと食事の支度をする。

やがてテーブルの上にはハンバーグをメインとした夕食が並んだ。

満足の出来栄えの夕食を目の前にし、今日買ってきた赤ワインを片手に二人で乾杯する。本日何番目かの至福の時だ。

「相変わらず美味しいよ、聖也のハンバーグは」

早速一口食べた将臣が、目を輝かせて褒めてくれる。いつもいつも料理を褒めてくれる将臣に感謝しながら答える。

「僕の愛情がいっぱい入っているんだから、美味しくなきゃ困る」

「そうだな、とても美味しい。私は本当に聖也に愛されているんだなぁ」

「……自分で言うな」

テーブルの下で将臣の脛《すね》をちょんと蹴ってやる。それでも将臣は幸せそうな表情を変えることはなかった。

「明日が月曜日なのが辛い。もう少しこうやって聖也と一日一緒にいたい」

明日──。

「あ、そうだ、将臣。言うのを忘れていたけど、明日は同期会があるから、ちょっと遅くなる」

「同期会?」

一年に一度であるが、同期たちとちょっとした飲み会が開かれる。今回は聖也の結婚も祝ってくれるということなので、さすがに欠席することはできなかった。

「そんなには遅くならないと思うけど、もし遅くなったら、先に寝てて」

そう言うと、将臣の顔が不機嫌に歪む。

「……同期会というと、あいつも来るのか？」

「あいつ？」

「朝に注意しただろう？　柿崎のやつだ」

「ああ……」

言われて思い出す。柿崎も聖也の同期であるが、お互い毎回同期会に出席しているわけではないので、失念していた。

「そうだな、柿崎さんも来るかもしれない」

「私も行く」

「将臣が？」

「結婚を祝ってくれるという名目もあるなら、私が行ってもいいだろう？」

「駄目、やめてくれ。皆、お前が来ると恐縮するし、僕も落ち着かない。別の機会にしてくれ」

そう懇願すると将臣が大きく唸る。そしてすぐに代替案を示してきた。

「わかった。じゃあ、こうしよう。お前の夫として、妻を迎えに行くのは当たり前だ。絶対お前を迎えに行く」

「うぅ……」

今度は聖也が唸る番だった。しかしこれ以上引かないとばかりに将臣が見つめてくるので、聖也は渋々了承したのだった。

■ V ■

同期会は海外資本の老舗《しにせ》ホテルの中にあるレストランで行われた。いつもは居酒屋で気軽に行われるが、今日は立食パーティーの形態での同期会だった。

並べられる料理はどれも見た目も鮮やかで、味もいいものばかりだ。さすがは人気のレストランである。

シャンパンで乾杯をした途端、皆、壁にずらりと並べられた料理に飛びついた。

結局、将臣が懸念していた柿崎は同期会には顔を見せなかった。仕事が入っていて、直前でキャンセルしたようだった。

食事とアルコールをひとしきり堪能《たんのう》すると、今度は皆、雑談をし始める。

「よくこのレストラン予約取れたわよね」

同期の一人が幹事に話しかける。

「上司がさ、この日なら、レストランを格安に予約できるから、同期会に使ったらどうだって勧めてくれたんだ」

「だからこんな月曜日に同期会になったのね。どうせなら翌日休みのほうが思い切り飲めるから、金曜日のほうがよかったんだけど、このレストランで食事できるなら、仕方ないわね」

女性がそう言うと、その隣にいた女性も頷《うなず》いた。

「参加費もいつもの居酒屋とほとんど変わらないしね。月曜日でも全然ＯＫよ」

彼らの言う通り、このレストランは多くの雑誌にも紹介される人気の店で、誰《だれ》もがよく予約が取れたと驚くばかりの場所だった。

「でも貴島さんの結婚祝いも兼ねているんだから、ちょうどよかったわよね」

隣の女性から話しかけられ、聖也もありがとう、と笑顔で答える。

「それにしてもあなたの上司、ここのオーナーとでも知り合いなの？」

幹事に女性陣が詰め寄った。

「あー、そこまでは聞いてない。たぶんそうなんだろうな」

「上司って誰？　私もいざっていうときに、口利きしてもらいたいわ」

同期の一人が身を乗り出して聞く。

「高林《たかばやし》課長だよ」

「え？　あの課長？　あまりこういうところ詳しいように思えないけど、人は見かけに寄らないのね」

「これから私、高林課長に優しくしておこうっと」

女性たちの中でどうやら高林課長の格が上がったようだ。

聖也は彼女たちの会話を聞きながら、高林が将臣の叔父《おじ》、武信の派閥に属していることに気づく。

もしかしたら『結婚祝いを兼ねて』というのをどこかで耳にして、武信が気を遣ってくれたのかもしれない。

後で将臣にも言っておこう……。

そんなことを考えているうちに、聖也はいつの間にか女性陣に囲まれ、集中砲火を浴びることとなった。

「ねえねえ、貴島さん、東條部門長って、普段プライベートではどんな感じなんですか？」

「あ、それ、私も聞きたかったの。で、どうなの？　やっぱり亭主関白？」

「やっぱりって……。優しいよ。朝食はいつも作ってくれるし」

「きゃあぁ、惚気《のろけ》だわ」

女性陣が色めき立ち、一斉に声を上げる。

「あの部門長が朝食を作るなんて、ちょっと想像できない。だって、会社ではなんだか近寄りがたいでしょう？」

確かに将臣は女性の秋波を面倒に思うところがあり、昔から自分に色目を使う女性とは一線引いているところがあるので、彼女が言うように近寄りがたい雰囲気を持っていた。

「そうそう、だから貴島さんと結婚するって聞いたとき、部門長も人間だったんだって思っちゃった」

「私もそれ思ったぁ」

女性たちが悪気なく納得し合う。

「人間だったって……東條が聞いたら、ショックを受けるよ」

聖也も笑って答えた。

「だって、やっぱり東條本家の嫡男で、アルファなんですもの。なんだか王子様みたいで庶民の私たちは遠巻きで見るのが精いっぱいよ。それが貴島さんと結婚するって聞いて、急に現実味を帯びた存在になった感じ？」

「それは僕が庶民的だってことだね」

ちょっと意地悪に言ってみると、彼女は慌てて説明してきた。

「違う、違う。そうじゃなくて、ほら、貴島さんはアルファでも、私たちと積極的に話してくれるし、気も遣ってくれるじゃない？　それに同期だし。なんとなく身近に感じていたから、王子様のお相手だって聞いて、シンデレラの現代版だって思っちゃった」

「シンデレラって……」

「そうそう。東條王子のガラスの靴が履けたのが貴島君だったのよねぇ」

「はぁ……」

お姫様に喩《たと》えられて、どう返していいか悩んでいると、別の女性が口を開いた。

「でも、少し感動したかなぁ。ああ、部門長もちゃんと恋をする一人の人間だったんだなあって思うと、ほっこりしたというか、私たちまで幸せになったような感じがしたよね」

「した、した」

本当に女性たちが嬉《うれ》しそうに聖也たちの結婚を語ってくれるので、聖也自身も感謝した。

「皆、ありがとう。正直いうと、僕はアルファの男同士の結婚を、受け入れてもらえるって思っていなかったから、そうやって幸せになった、なんて言ってもらえて嬉しいよ」

「あら、アルファとオメガなら男同士のカップル、我が社にも何組かいるし、アルファ同士だから駄目だなんて、あまり思わないわ」

アルコールが入っているせいか、バンバンと背中を叩《たた》きながら元気づけてくれる。さらに別の女性も間に割って入ってきた。

「そうね。まあ、いい男同士が引っついちゃうと、ちょっと寂しいのは確かだけど。どうして私を選んでくれなかったのよぉって」

「僕も将お……東條も、そんなにいい男じゃないよ」

「あ、今、部門長のこと、『将臣』って言おうとしたな。もう、名前で呼んでるんだ。いいな、ラブラブいいな」

　こちらは絡み酒のようだ。こうなるともう苦笑するしかない。すると助け船のように幹事の声が響いた。

「そろそろお開きになります。二次会のカラオケに行く人は手を上げてください。あ、貴島さんは旦那《だんな》様から一次会で帰すように通達されておりますので、ここで終了です」

「え!?」

　さすが将臣と言うべきか、どうやら先んじて手を回していたようだ。

「では、改めて貴島さん、ご結婚おめでとうございます。お幸せに！　俺たちがクビになりそうになったら、東條部門長に口添えを頼む！　皆、拍手ぅ！」

　同期が一斉に拍手をし、口々におめでとうと祝福してくれた。幹事がさらに花束も用意していたようで、美人で名高い女性からその花束を受け取る。

「ありがとう、僕のほうこそ、これからもよろしく。皆でこの期の社員はすごいって言わせるように頑張ろう」

再び皆から拍手が送られる。

「じゃあ、ここの終了時間も決まっているから、二次会組は早速移動お願いしま～す」

皆がガヤガヤと動き始める。聖也も将臣に連絡しようとすると、レストランのスタッフが傍《そば》にやってきて声をかけてきた。

「貴島様でいらっしゃいますか？」

「はい、貴島ですが」

たぶん花束を貰《もら》うときに名前を呼ばれていたので、スタッフの人間も迷わず聖也に声をかけたのだろう。

「東條様から店にお電話が入っております」

「店に？」

スマホに連絡せずに、店に電話をしてくるなんて、どうしたんだろう。何かあったんだろうか……？

少し心配になる。そのまま移動を始めていた同期に別れの言葉を告げて、スタッフと会場となった部屋から出た。

「こちらです。貴島様」

レストランの店内を歩き、スタッフルームらしきところへ案内される。

「すみませ……」

言葉を言い切らないうちに背後から誰かに布で口を塞《ふさ》がれた。

「っ！」

抵抗しようとしたが、急に意識が朦朧《もうろう》とし始める。

あ……将臣――！

聖也の意識はそこで途切れた。

＊＊＊

そろそろ聖也の同期会が終わる頃だろうか。

ちらりと腕時計を見る。同期会が終わるくらいに仕事の切りがつくようにあらかじめ計算していたので、時間もちょうどいい。

パソコンの電源を切り、会社を出たら聖也に連絡をしようと思っていると、胸ポケットに入れていたスマホが震えた。画面を見ると、今日の同期会に紛れ込ませていたスパイ、聖也の同期の男からの電話であった。

柿崎が聖也に色目を使わないように警戒して、報告するようにお願いしておいたのだ。

「今日はこれで失礼するよ。お疲れ様」

「あ、はい、お疲れ様です」

仕事も終えていたので、そのまままだ仕事をしている部下に挨拶《あいさつ》をして部屋から出る。

そして廊下に出てから、電話を取った。

「東條です。お待たせして申し訳ないです。何かありましたか？」

『部門長、今どちらに？』

「まだ会社ですが……」

『会社ですか……。じゃあ、まだ貴島を迎えに来ていないんですよね』

「ええ、今から連絡を取ろうとしていたところなんですが……」

『実は貴島の姿が見えなくて。もう部門長が迎えにいらっしゃったのかなと思ったんですが、それにしても同期から貰った花束を置いたまま、急に姿を消したから、心配になって電話をしました』

「姿を消した？」

刹那《せつな》、嫌な気がした。

『ちょっと目を離した隙《すき》に、いなくなっていて……』

「柿崎と出ていったとか？」

『それはないです。柿崎は今日、欠席でしたし』

「そうですか……。わかりました。ありがとうございます。あとは私から貴島に連絡を取ってみます。今日は私の我儘《わがまま》を叶《かな》えてくださってありがとうございます」

『いえ、部門長のお役に立てて、何よりです』

「では、お疲れ様でした」

将臣は急いで電話を切ると、すかさず聖也のスマホへ電話をかけた。だが、電源が落ちている旨の無機質な音声が聞こえるだけだ。

「繋《つな》がらないか……」

駄目もとで、ＧＰＳで聖也の所在地を調べても、やはりスマホの電源が落ちているようで反応がなかった。

聖也に何かあったとしか考えられない。

「くそっ……」

そう唸《うな》ったときだった。いきなり声をかけられる。

「東條部門長、こんなところでどうされたんですか？　何かあったんですか？」

顔を上げると、柿崎の姿があった。同期会を欠席したという話は、今聞いたばかりだが、その彼とここで出くわすことに少なからず違和感を覚える。

先日、たまたま彼と仕事の話をしたばかりだが、普段なら彼とはフロアも違うので、ほとんど会うことがない。なのに、このタイミングで彼と出くわすのは、なんとなく偶然には思えなかった。

将臣は一か八か、彼に正直に尋ねてみた。彼の反応からいろいろ察することができるかもしれない。

「貴島と連絡が取れないんです。同期会へ行ったんですが……」

柿崎の顔をまっすぐに見つめて話す。だが彼は大して表情を変えずに返答してきた。

「ああ、今夜同期会でしたね」

「柿崎さんは貴島と同期でしたよね？　同期会には行かれなかったんですか？」

「急に仕事が入ったので、キャンセルしたんですよ」

「そうでしたか」

どこも柿崎におかしいところはない。ここで会ったのは偶然だったのか。そう思い直していると、柿崎がふと言葉を足した。

「……そういえば、今夜の同期会は人気のレストランが予約できたって、幹事が喜んでいましたね」

「それは貴島も喜んだでしょう」

気軽に返答するが、柿崎が何か言いたげに一旦視線を伏せ、そして改めて将臣を見つめてきた。

「……そのレストランは、あなたの叔父、東條武信専務の息のかかったところだということはご存じですか？」

「叔父の？　それが何か？」

叔父の名前を聞き、今回の同期会に叔父が絡んでいることを知った。貴島の結婚を祝うのも兼ねていると聞いているから、叔父が気を利かせて、有名なレストランを押さえてくれたのかもしれない。

だがそれが今、聖也と連絡が取れないことと、なんの関係があるのか——。

意味がわからない。

「では、今日の幹事にレストランを勧めた上司は武信専務派だということは？」

「何が言いたいんですか？」

「別に。何もないですよ。貴島さん、見つかるといいですね」

「柿崎さん……」

「急ぎの用がありますので、失礼します」

意味ありげな言葉だけを残して、営業部のあるフロアへと戻っていく。このフロアに別に用事があったわけではなさそうなところから、やはり彼が将臣に用事があったことだけは確かだった。

一体、なんなんだ？

叔父が絡んでいるから、聖也は大丈夫だと言いたいのか。それとも――。

それとも叔父が絡んでいるから、聖也が危ないと言うのだろうか。

将臣は柿崎の背中をいつまでも見つめていた。

＊＊＊

頬《ほお》が冷たい。頭がじんじんと痛みを発する。聖也はその感覚に目を覚ます。

ここは――？

視界に入ったのは薄暗い部屋だった。どうやら床に寝転がされているようだ。頭が痛いのは捕えられたときに使われた薬のせいなのか、少し頭を動かしたら、ふわりと眩暈《めまい》がした。

「はぁ……」

大きく息を吐くと眩暈も治まり、意識がはっきりしてくる。ゆっくりと視線を巡らし、辺りを確認した。どこかの屋敷の一室に閉じ込められているらしい。窓からは月光が差し込んでいる。

どこだ？

未《いま》だに自分が置かれた状況が今一つ理解できない聖也の耳に、複数の男の声と足音が聞こえてくる。息を潜めてその音に耳を澄ましていると、ドアのすぐ前で止まった。聖也の心臓が大きく脈打つ。

「柿崎さん、思ったより早く到着されたんですね」

柿崎？

男の声が聞き知った名前を告げる。聖也はさらに聞き耳を立てた。

「ええ、早く来るように言われていましたしね。首都高を飛ばしましたよ」

柿崎さん――。

やはり思った通り、同期の柿崎だ。今夜は急な仕事が入ったといって、同期会は欠席していた。ここがどこだかわからないが、彼がこの屋敷に来たということは、彼の急な仕事というのが、この状況に関係している気がしてならない。

「まだ目が覚めていないんですか？」

「ええ、先ほど確認したときは、眠っていました。薬はそんなに強くしたつもりはなかったのですが、予想より効いたみたいで」

薬と聞いて、聖也の躰《からだ》がぴくりと動く。自分が誘拐されたということが、徐々にわかってくる。

やっぱり僕は誘拐されたんだ……。

ようやく頭が働いてきた。

「様子を見ます」

柿崎の声とともに、ドアがいきなり開けられる。あまりの突然の出来事で、聖也は寝た振りなど装うこともできず、起きたまま柿崎と対面した。

「貴島さん」

「か、柿崎さん……」

彼の名前を口にした途端、彼がにやりと人の悪い笑みを浮かべた。

「目が覚めていらしたんですね」

「柿崎さん、ここはどこですか？」

取り乱した姿など見せたくなく、あくまでも冷静に彼に立ち向かう。

「郊外ですよ。ある方の別荘です」

「別荘……？」

そこに三人の男も現れた。下卑た笑みを口許《くちもと》に浮かべている。

「僕をここに連れてきてどうしようと言うんです。柿崎さん、これは犯罪ですよ」

「そうですね。犯罪かもしれませんね。ですが、この計画を仕切った方は、こんな事件など簡単に揉《も》み消してしまうんですよ」

飄々《ひょうひょう》とした表情の柿崎を、聖也は改めて睨《にら》んだ。

「貴島さん、エクストラ・アルファというバースは知っていますよね？」

「それと僕がここに連れてこられたことと何か関係があるんですか？　莫迦《ばか》な話は結構です。早く僕を帰してください」

「あなたの答えによりけりです。答えてください。エクストラ・アルファは、アルファを自分の意志でオメガにできるという都市伝説に近い噂《うわさ》があるそうですね」

聖也は小さく溜息《ためいき》をつきながら、彼の質問を無視していては事が進まないことも理解でき、仕方なく答えた。

「ええ、本当かどうかはわかりませんが、世間一般にそういう噂が流れているのは僕も聞いたことがあります。でも、エクストラ・アルファなど、地球上に数えるほどしかいないとされるバースです。滅多に我々が出会うこともないので、そんなに心配することではないと思いますが？」

しらばっくれるために、いかにも柿崎がバースを変えられることに不安を抱いていると受け止めているように返答した。すると柿崎が小さく笑った。

「別にそんなことは心配していませんよ。それに東條部門長は別に僕を番《つがい》にしようなんて思っていませんからね」

「東條があなたを番にする？　よく意味が摑《つか》めませんが」

「彼はエクストラ・アルファだ。そうではありませんか？」

その言葉に聖也は顔色一つ変えずに柿崎を見つめた。

東條グループのアルファの一部で、『エクストラ・アルファ狩り』らしきことをしていると将臣から聞いていた。自分たちの出世の邪魔であるエクストラ・アルファが頭角を現す前に、失脚させようとしているというような話だった。

もしかして柿崎さんも……？

疑惑を抱きながらも、聖也は慎重に口を開いた。

「エクストラ・アルファ？　東條が、ですか？」

「彼が番にしたいのは、あなただ。貴島さん。だから彼はあなたをオメガに変異させた。

違いませんか？」

　何かを暴かれそうな予感に緊張する。だがそれを悟られるわけにもいかず、聖也は毅然《きぜん》とした態度をとった。

「柿崎さん、僕はオメガではありませんよ、アルファです。確かにバース的には東條の番ではありませんが、それでも僕は彼の番です。いろんな意見が世の中に存在していることは承知ですし、僕たちの結婚に反対される方も勿論《もちろん》いることはわかっています。だからといって、こんなところへ連れてくるとは、一体どういうことですか？」

「フッ……さすがは貴島さんだ。論点をさりげなく変えて答えてきますね。ですが私は惑わされませんよ。私が確かめたいのは、東條部門長がエクストラ・アルファかどうかで、お二方の結婚形態についてではありません」

　柿崎が床に座っていた聖也の目線まで屈《かが》んで、顔を近づけてきた。

「彼が心からオメガにしたいと思っているのは、あなたしかいない」

「そんな莫迦らしい話を聞くために、僕はここへ連れてこられたのですか？」

　目の前の男をきつく睨み上げる。隙を見せたら、一気に攻め込まれそうだ。

　聖也は気を抜くことなく、柿崎を睨み続けた。すると柿崎のほうから、ふと視線を外し、小さく笑った。

「実は、東條部門長がエクストラ・アルファかどうかを調べるのは、案外簡単なことなんです」

「え？」

「もし彼が実はエクストラ・アルファなら、その伴侶《はんりょ》であるあなたはオメガにされているはずですから」

「何度も言いましたが、僕はアルファです」

「番持ちのオメガは発情期がなくなり、その相手だけに発情する。考え方を変えれば、いつでも子供を孕《はら》める躰になっているということです」

「今さら、オメガの講義をされるのですか？」

嫌悪を通り越して怒りさえ湧《わ》き起こる。

「講義？　貴島さんの話をしているだけですよ」

「僕はアルファです。孕むわけない。いい加減にして、僕を帰してくれませんか？」

強く訴えるも、柿崎はまったく聞く耳を持っておらず、自分勝手に話を続ける。

「新婚なのですから、毎晩抱かれているのでしょう？　なら、孕める躰に出来上がっているはずです」

どう言っても柿崎は聖也がオメガであるということを疑っていないようだ。

「ここにアルファの男が私を含めて四人います。もしあなたが番持ちのオメガであれば、ある程度力の強いアルファ四人に抱かれ続ければ、孕む可能性もある」

信じられないことを言われる。たとえ冗談でも許されない言われ様だ。

「……何を考えている」

「たとえば、ずっと一週間、もしくはそれ以上の期間、輪姦《りんかん》され続ければあなたが孕む可能性があると言っているんです」

「っ……」

フラッシュバックのように、先日、目にしたオメガを強姦《ごうかん》するショーの光景が脳裏に浮かぶ。

あのとき、聖也はもう一人のエクストラ・アルファ、カーディフ殿下と観客席にいたし、すぐに将臣が助けに来てくれたので、聖也自身は何事もなかった。多くのオメガが救出され、改めてオメガが犯罪に巻き込まれやすいことを肌で感じた事件だった。

しかし今は彼らの性欲は聖也に向けられていた。恐怖に竦《すく》みそうになったが、歯を食い縛って、柿崎を睨みつけた。絶対に弱みを見せたくない。

「勿論、あなたが言う通り、アルファであるなら、孕むということはありませんよね。まあ、男に輪姦されたという事実は消えませんが」

「なっ……」

「あなたが孕めば、オメガだという証拠になる。そしてアルファだったあなたがオメガであるということは、その伴侶、東條将臣はエクストラ・アルファであるという証拠にもなる」

「いい加減にしてください。僕が孕むわけない！　何度言ったらわかるんですか？　僕はあなたたちを裏で糸を引いている人間も含めて訴えますよ」

「訴えればいいんじゃないですか。上層部の力比べにちょうどいい気がしますよ。東條将臣の力が、今、どれくらい通用するのか見てみたいものですしね」

駄目だ。どう言っても、柿崎の考えを変えることができない。聖也は恐怖で震えそうになる躰を必死で抑えた。

「貴島さん、あなたが孕むかどうかは、やってみなければわからない。東條部門長がエクストラ・アルファであるということは、ほぼ間違いない。ということは、あなたも孕む可能性が高いということだ。あなたが他のアルファの子を孕んだと知った彼は、どう思うでしょうかね」

「っ……」

揺さぶりをかけられる。だがこんなことで音を上げるほど聖也もやわではなかった。聖也もかなりの覚悟をして、将臣の番としてともに生きることを決めたのだ。

将臣を危険な目に遭わせるものか――。

「東條はアルファだ」

迷いのない声で告げた。

「万が一、そうであっても、我々は上からあなたを抱けと命令されている。残念ながらその方の命令に背くわけにはいかない」

上？　誰だ、それは……。

窮地に立たされているのもあって、頭がいつものように回らない。

「莫迦なことを考えるのはやめてください。大体、僕は男だ。僕を抱くなんて、ありえない」

「でも東條部門長は抱いているんですよね？」

「それはセクハラです。答える義務はない」

「そうですね、失礼しました。話を元に戻しましょう。我々も普段は男を抱くなんてことはしない。だが、部門長が抱いている男なら、興味はある。ここにいる全員、あなたが男か女かは関係ないんです。部門長の伴侶を抱いてみたい人間ばかりなんですよ」

「な……」

とうとう一歩彼から身を引いてしまった。怖がっていることが彼にばれてしまうかもしれない。

聖也はぎゅっと拳《こぶし》を握り、自分を奮い立たせた。

「こんなことをして、東條本家が黙っていると思いますか？　僕は本家嫡男の伴侶です。この東條グループの社内で莫迦なことをしたら、あなたたちだって未来を失うことになりますよ」

「心配していただかなくても大丈夫ですよ。上が握り潰《つぶ》しますし、私たちは東條グループのこの会社を辞めて、違う会社で役職をいただくことになっていますから」

「辞める？　別の会社って……」

一体、彼らの上の人物とは、どこまで力があるのか……。

将臣と張れる、またはそれ以上の権力がある人間となれば、ある程度絞られてくる。これは考えようによっては敵を炙《あぶ》り出せるいい機会だ。

そう思うことで、聖也は自分を強く律した。

「貴島さんを押さえろ」

柿崎の命令で三人の男が近寄ってくる。

「去れっ！」

　聖也が叫んだ途端、グワンッと耳鳴りがし、空間が歪《ゆが》むような圧が生まれた。一気にアルファの力を解放したのだ。

　アルファオメガはその名の通り、オメガでもあるがアルファでもある。聖也は学生時代からアルファでも、力の強いアルファであった。

　アルファ同士の力のマウントが横行する中、聖也を負かせるアルファはそんなに多くない。

　エクストラ・アルファの将臣さえ、聖也をアルファオメガにするのに時間がかかったのだ。簡単に彼らに組み敷かれるつもりはなかった。

「うっ……」

　男の一人が低く呻《うめ》き、床に跪《ひざまず》いた。

「くっ……」

　続いて違う男も躰を固まらせ立ち止まる。

「柿崎さん！　貴島さんって、やっぱりアルファじゃ……。この力、アルファのものに間違いないですよ！」

　聖也のアルファの力になかなか近づけない男たちが困惑し始めた。

「オメガでも力の強い者がある」

柿崎がそう言いながら、己のアルファの力を聖也へと放ってきた。さすが営業部のホープと言われているだけあって、一般の家からのアルファであるのに、その力は侮れないものだった。

聖也の皮膚にピリピリとした感覚が生まれる。

「っ……」

痺《しび》れる感覚に気を奪われた一瞬に、男らが一斉に力を聖也に向けて放ち、押さえ込んできた。

「放せっ！」

さすがにアルファ四人が相手では、太刀打《たちう》ちできない。すぐに全身が痺れたような感覚に襲われ、手足が重くなった。

「さすがは部門長の伴侶になる方だ。かなり強い力の持ち主だったんですね。普段は隠されていたということですか」

「別に力を見せつけて、相手をねじ伏せる趣味がないだけです」

男たちに手足をロープで拘束されながらも、聖也は柿崎を真っ向から睨み上げた。だが柿崎は余裕の笑みを口許に浮かべる。

「私がまずは彼を抱く。悪いが君たちは私が呼ぶまで部屋から出ていってくれないか。私

も行為を人に見せるほど酔狂じゃないからな」

柿崎は視線を聖也に向けたまま、男たちと会話を交わした。

「柿崎さん一人で大丈夫ですか？」

「大丈夫だ。手足を縛られた彼が、何かできるとは思えない」

「わかりました。では何かあったら呼んでください。部屋の外で待機しています」

「ああ、すまない」

柿崎の声に男たちが部屋から出ていく。ドアの閉まる音が響くと、その後はしばらく静寂が続いた。

一瞬でも気が抜けなかった。視線を柿崎から逸《そ》らせば、すぐに喰《く》われるに違いない。

聖也は己の力を迸《ほとばし》らせ、柿崎を牽制《けんせい》した。これ以上彼を近寄らせたくない。すると、それまで威圧的だった彼の力が、急になりを潜めた。

「ふっ、あなたの力がこんなに強いなんて思いも寄らなかったです。部門長の補佐なんていう立場に収まるような力じゃない」

あまりの変わりように、聖也は眉《まゆ》を顰《ひそ》めた。

「何が言いたいんですか？」

「これである程度、時間稼ぎができる」

聖也の問いとはまったく別の答えが返ってくる。益々聖也の眉間《みけん》の皺《しわ》が深まった。

「時間稼ぎ？」

「こんなことをして説得力もないですが、私を信じてほしい。悪いようにはしません。とりあえず、東條部門長が気づいて、ここに来ることを願うしかない」

「東條が気づく？　どういうことですか？」

信じてほしいと言われ、信じられるわけではないが、彼の話を斟酌《しんしゃく》する必要はありそうだった。

それにもし彼が言うように将臣になんらかの連絡が入っているのなら、アルファオメガを保護する機関、バース管理局の特殊部隊も動くはずである。

「会社を出る際、どちらにでもとれるヒントを部門長に投げてきました。あとは彼がどう動くか、です」

「率直に聞きますが、柿崎さんは僕たちの味方ということですか？」

「味方でも敵でもありません。私はこの東條グループの派閥争いや総帥の座を巡る莫迦みたいな策略に、もう飽き飽きしているんですよ。私にとってそんなことはどうでもいいことだ。自分に与えられた仕事をいかにこなし、そしていかに会社や社会に貢献していくかが本領であるのに、ここの上層部は少し頭がおかしい」

柿崎は話しながら目の前で膝《ひざ》をつき、聖也の手足を縛っていたロープを解いた。

「柿崎さん……」

聖也は少し痛みを感じていた手首を摩《さす》った。

「貴島さんも東條一族の出身だから、私の言うことは理解できないかもしれませんね」

「理解はできます」

外部のアルファからしたら、この東條一族の権力争いは異常に見えるのは安易に想像がついた。

子供の頃から東條流英才教育を受け、アルファである者、東條グループの総帥を目指すのが当たり前と刷り込まれている。確かにそのシステムに反発して、東條の出身でありながら違う道を進む者もいるが、野心ある者は、何かのゲームのように捉《とら》え、そして策略を巡らし、上へとのぼっていく。

東條グループのすべての権力を手中に収めることができる人物――総帥。

外部からは異常に見えても、その価値を正当に判断できる東條の人間にとっては、一度は挑戦したい至高の座だ。

「柿崎さん、あなたが裏切ったら、上からそれなりの制裁があるのではないですか？」

そうだ。柿崎を操る裏の人間は、将臣とも力を張り合えるほどの人物だと、先ほどから彼自身も口にしている。その人間を裏切ったら、柿崎にもそれなりの制裁が与えられるはずだ。

そんなデメリットを背負って、聖也を救ってくれるとは思えない。彼の言葉を信じるにはリスクが高すぎる。疑いを捨てきれない聖也を、柿崎は見下ろしてきた。

「私も計算していますよ。貴島さん、あなたを助けて、東條部門長に私を守ってもらおうと思っているのですから」

「え……」

柿崎の顔を見上げると、彼がニヤリと笑った。

「私の話すことを貴島さんがどこまで信じるかわかりませんが」

彼はそこまで言って、一息ついた。

「東條武信専務が部門長を疎み、排除しようとしていることは気づいていますか？」

「え？」

武信は将臣と昔から親しくしている叔父だ。聖也との結婚も応援してくれ、先日も将臣と食事をとったりと、何かと今でも深く繋がりのある親族の一人である。

「なんの根拠でそんなことを言うのですか？」

「根拠……。実際私が見てきたこと、命令されてきたこと、でしょうか。まあ、それもあなたから見たら怪しいかもしれませんね」

彼の表情をじっと窺《うかが》う。嘘《うそ》をついているようには見えなかった。

「武信専務は自分の甥《おい》、東條将臣がエクストラ・アルファではないかと疑っているのですよ。万が一そうなら、今のうちに弱みを握って自分の配下に置くか、それができなければ潰しておこうと考えている」

「弱みを握る……」

「ええ、あなたを人質にすれば、たとえ彼がエクストラ・アルファでも、無下に動くことはできなくなりますからね」

どこまで本当の話か判断しかねた。武信は将臣と仲の良い叔父だ。今の今まで敵対していたと思っていた柿崎の話をすべて信じることができない。

将臣と聖也が結婚するときも、すでに伴侶として一緒に暮らしていたことを知らせると、武信は水臭いと言いながらも喜んでくれた。だが――。

だが、あのとき、将臣に聖也という弱点ができたことを喜んでいたとしたらどうだろう。さらにもっと突き詰めれば、本来、武信という人物はどういった人柄か、しっかり思い出せない。

将臣と仲が良いというだけで、聖也は武信に対して注意を怠っていたことを思い知らされる。将臣の補佐としては失格だ。

武信は東條本家の家長の弟という立場であるが、彼の社内における権力はそれ以上の影響力を持っていた。それは彼が狡猾《こうかつ》にこのグループ内で立ち回っていたことを意味する。ただの優しい叔父ではないのだ。

それに今思えば、家長は弟である武信には何事も秘密にしていた。将臣の番としてバース管理局に登録したときも、ごく身内には知らせたが、武信には知らせなかった。

それは何を意味するのか――？

家長は弟に警戒していた――？

聖也は改めて目の前で膝をつく男の顔を見つめた。

もしかしてこの男が言うことが正しいとしたら……。

『今のうちに弱みを握って自分の配下に置くか、それができなければ潰しておこうと考えている』

将臣が信じていた人間に裏切られるのは、高校生以来だ。それ以外は大体、事前に予測がついていたので、将臣の心が乱されることはなかった。

ただ高校時代、親友だった倉持健司に何か理由があったにせよ、陥れられそうになったことだけが、唯一将臣を傷つけた事件だ。

あのとき、将臣自身かなり傷ついたと思うが、聖也にそれを告げることなく、自分の中で消化していた。

またあんな辛《つら》い思いを将臣がするのかと思うと、聖也自身も胸が痛んだ。

「柿崎さんが言うように、もし武信専務が裏切っているのだとしても、東條に弱みなどない。たとえ僕に何かあったとしても、それを弱みなどにはしない」

「そうですか？　伴侶であるあなたを人質にされては、部門長も叔父上の言うことを聞かなければならないのでは？」

「違う。僕たちはお互い弱みになるなんて考えていない。お互いが一緒だからこそ、強みになると思っている。僕が武信専務に捕まったとわかれば、東條は容赦なく鬼にもなるだろう。そしてそれを目の当たりにした専務は間違いなく後悔することになる」

はっきりと言い切ると、柿崎が小さく息を呑《の》んだのがわかった。

以前は愛し合っているからこそ、お互いが弱みになると思ったこともあった。だが、そんなことはとうの昔に乗り切った。今は二人でいるからこそ、より強くなりお互いを助けられると思っている。

だからこそ公に結婚も発表したのだ。二人とも相当の覚悟をしてのことだった。

それを未だに『弱みになる』などと言っている武信は、所詮《しょせん》将臣の相手にはならない。

将臣のメンタルの強さを知らないのだから。

「そして僕も東條を傷つけようとする者には容赦しない」

聖也は己の内からアルファの力が満ちてくるのを感じた。みるみるうちに大きく膨らみ、柿崎のアルファの力を圧倒する。だが、柿崎はこの状況を驚くこともなく小さく頷き、さらに笑みさえ浮かべた。

「なるほど……。私の思った通りだ。このままでは専務は部門長には勝てないな。いや、いずれ近いうちに追い落とされるのがオチだ」

柿崎は聖也の手を引っ張ると、床から立ち上がらせた。そのまま部屋の隅にあったソファへ座るようにと促される。

「私は一般家庭からのアルファで東條グループと関係ない。この会社に入ったのも、大きな業績を上げている会社だからだ。だが、入社した途端、わけもわからないうちに武信専務の派閥に属することになってしまった。どこの幼稚園かと思ったが、ここで上手く生きていくには、後ろ盾も必要だと、今までは割り切っていた」

聖也がソファに座ったのを見計らって、柿崎も少し距離を置いて隣に座った。気を遣ってくれたのだろう。

「だが、今回のことでほとほと嫌気がさした。さっきの男たちも含め、私たちに汚れた仕事をさせて、いいように取り計らってやるとは言われたが、どうせ最後は捨《す》て駒《ごま》にされるのだろうと思うと、心底莫迦莫迦しい。入社当時に戻って、派閥とは無縁でいろと自分に言ってやりたい」

少し彼の気持ちがわかる気がした。入社したときは誰もが野心を持ち、ここで出世しようと考えている。それに、そういう人間でなければ、東條グループも一般からアルファを採用しない。だが、その野心は、狡猾な狸《たぬき》たちの罠《わな》に捕われる要因ともなりかねない。

気づいたときには派閥から抜けられなくなっているのがほとんどだ。抜けることでその派閥から横槍《よこやり》が入り、前途を閉ざされる人間が多いからだ。

「……派閥の中で生きている自分としては言いにくいですが、誰かに利用されることもすべて計算し、そこから勝機を見出す才がなければ、派閥に属することは、あまりお勧めしない。武信専務がどうこう関係なく、あなたがこれを機会に派閥から抜けようとするなら、多少なりとも力になれるかと思います」

真摯《しんし》に告げると、柿崎が待ってましたとばかりに顔を輝かせた。

「力になってくれますか？　率直に言うと、鞍替《くらが》えをしたいと思っています」

「え……鞍替え？」

思ってもいない答えが返ってきて、聖也は瞠目《どうもく》した。

「武信専務は策略家ではあるが、詰めが甘い。派閥争いも東條部門長のほうに分がありそうですしね。部門長のグループにぜひ入れてください」

「は……？」

いきなり思いも寄らないことを頼まれ、聖也は呆《ほう》けた声を出してしまった。

「どちらかというと、私はのし上がっていくよりも、そういう人間を傍で見てみたい。あ、恩恵に与《あずか》りたいという下心もありますよ。損はしたくないですからね」

あけすけにそんなことを言われ、聖也は驚いてしまった。だが、嫌な感じはしない。こういう人間も面白いと思ってしまう。

「自分で言うのもなんですが、意外と使える男だと思いますよ」

「僕にアピールされても困りますが、武信専務のことが真実であれば、東條が判断すると思います」

「こんなに簡単に鞍替えする男など信用できませんか？　また裏切るかもしれませんしね」

「そういう意味ではありませんが、でももしあなたに裏切られるなら、武信専務に対しての考えを聞くにおいて、あなた自身が東條に価値がないと思ったときでしょう。なら、あなたにそう思わせなければいい話なので、そのことについてはあまり心配していませんよ」

挑発的に言ってやると、彼がおっという顔をして、すぐに苦笑した。

「なるほど」

柿崎は頷き、意味ありげにゆっくりと言葉を続けた。

「貴島さん、ついでにもう一つ、本当のところを教えていただきたいんですが、東條部門長はエクストラ・アルファなんですよね？」

隙のない質問に、つい聖也はくすりと笑ってしまう。

「違いますよ。意外と柿崎さん、しつこいんですね」

いつの間にか先ほどまで二人の間にあった緊張感が緩んでいた。今までのうちで一番長く話したのがこんな状況というのも笑えるが、思ったより彼とは気が合うかもしれない。

そんなことを考えていると、柿崎の声に少しだけまた緊張感が走った。

「さてと、私がどんなに時間稼ぎをしても一時間くらいです。もしも部門長がここへ到達できなかったことを考えて、脱出方法を考えないといけないですね」

「大丈夫です。私と東條は『運命の番』です。必ず彼は私を助け出してくれます」

「しかしここは公表されていない専務の別荘ですよ。難しいんじゃ……」

柿崎が否定的なことを言うが、聖也は将臣を信じている。彼はきっと柿崎の残したヒントを正しく理解し、動いているはずだ。そしてたぶんバース管理局の特殊部隊も将臣の権限で行動を起こしている。

アルファオメガは国の至宝であり、その性質ゆえに国家機密で国の組織の保護下に入っている。そのため、アルファオメガの身に危険が迫ったときには特殊部隊が動くようになっているのだ。特殊部隊を招集する権利を持つのは、アルファオメガの『番』である。聖也の場合は将臣に当たった。

将臣は確実に聖也を助けるために動いている。

その証拠に聖也の胸にあった不安が少しずつ消えていた。彼がすぐ傍まで来ているのだ。全身で将臣を感じ始めている。彼の聖也を求める感情が、心に流れ込んでくるようで愛《いと》しさが増した。運命の番である将臣とまるで呼応しているようだ。

「近くまで来ていますよ。彼の気配を感じますから」

「え？　そんなことがわかるんですか？　はぁ……『運命の番』は都市伝説じゃなかったんだ。すごいな……」

柿崎が感心したときだった。

ドォン……。

突然鈍い爆発音が部屋に響く。

「なんだ？」

慌てて柿崎がソファから立ち上がる。だが聖也はすぐにこれがなんなのか理解していた。

「東條が来たんだと思います」

聖也の声に柿崎が驚いたように振り向いた。

「まさか、本当ですか？　貴島さん……」

「ええ、東條が来ましたよ」

断言する。途端、建物のどこからか騒々しい人の声が聞こえた。特殊部隊相手では、武信の手の者も敵《かな》わないだろう。すぐに特殊部隊の怒号が轟《とどろ》き、彼らが制圧される雰囲気が伝わってきた。それと同時に二人のいた部屋のドアが開け放たれる。

「聖也っ」

ドアから将臣が駆け込んできた。

「将臣！　莫迦、安全も確かめずに、こんなところにいきなり飛び込んでくるな！」

なりふり構わず飛び込んできた将臣をつい叱咤《しった》する。すると将臣が心底安心しきったように安堵《あんど》の溜息をついた。

「よかった。無事のようだな。しっかり通常運転の聖也だ」

「何が通常運転だ。まったくお前は無鉄砲すぎる。この部屋に敵がいたらどう……」

文句を言っている途中できつく抱きしめられた。将臣の腕がわずかに震えているのに気づき、聖也は言葉を呑み込む。そして将臣に心配をかけたことに、改めて申し訳ない気持ちになった。

「ごめん、将臣。心配をかけて……」

その声に将臣は首を横に振るだけで応《こた》える。そして将臣はひとしきり聖也を抱きしめると、そっと離れ、今度は柿崎に顔を向けた。

「ありがとうございます。柿崎さんのヒントで聖也を助けることができました」

「部門長が、きちんと私の気持ちを汲《く》み取ってくださったのがよかったんですよ。どうやら拉致《らち》した件も解決したようなので、私はこれで失礼いたします」

柿崎が気を遣って席を外そうとしてくれる。そんな彼へ将臣は再び声をかけた。

「身内のことは私が片づけます。柿崎さんにはご迷惑をおかけすることがないようにします。このたびは本当にありがとうございました」

「助かります。このことで会社に居づらくなるのも困りますしね。あなたの庇護《ひご》があれば、私もとりあえず首が繋がるというものです。それではこれで」

柿崎は頭を下げると、そのまま部屋から出ていった。ドアが閉まると同時に、将臣は我慢できないというふうに聖也の唇を奪う。

「ちょ……っ……ん……」

「聖也……聖也……っ……」

キスの合間に何度も何度も名前を呼ばれる。彼がどんなに心配してくれていたのか、その様子からもわかった。

「将臣……っ……」

聖也もとうとうたまらず、彼の後頭部に手を回し、さらに深いキスを求める。お互いにお互いの熱を確かめ合い、そして見つめ合った。

「聖也、いつにも増して、情熱的だな」

「僕だって、お前に会いたくて仕方がなかったんだ。お前はそうじゃないのか？」

「柿崎の前で、お前を押し倒しそうになったのを我慢した出来のいい夫に言う言葉じゃないな」

「……ばか」

文句を言ったつもりなのに、思いがけなく声が甘くなってしまった。その声につられて、将臣の双眸《そうぼう》が優しく細められる。

「莫迦だよ。私はお前にかかったら大莫迦な男だ。だからお前は責任を取って、一生私を支えてくれないといけないからな。その代わり、私はお前を絶対に幸せにする」

そう言って、そっと額にキスを落とされた。彼の唇はそのまま聖也の目尻《めじり》を伝い、頬を滑り落ちる。そして目的の唇に触れようとしたときだった。

「制圧完了です。この屋敷にいた人物はすべて捕らえました」

いきなり特殊部隊の隊員の声が二人の間に割って入った。将臣が恨みがましく隊員に視線を送ると、隊員も『こんなときに何をしているんだ。コラァ』という顔を将臣にしてみせた。

将臣もその表情に気づいたようで、聖也に視線を戻すと、小さく肩を竦めた。そして聖也から躰を離す。だがその手は聖也の手に繋げたままだ。

「こちらを速やかに退去するよう命令が下りております。我々と一緒に撤退願います」

「わかりました。行こうか、聖也」

将臣の手に力が入る。聖也もまたその手を握り返し、将臣とともに、隊員の後について部屋を出た。

すでに東の空が明るくなっていた。不安な夜が無事に明けたことを聖也は心から感謝したのだった。

＊＊＊

隣の公園で遊んでいるのだろうか。子供の笑い声が窓の外から聞こえる。

都心でも大きな公園に隣接した閑静な街の一角に、バース医療センターはあった。

「ちょっと薬を嗅《か》がされただけなのに……。将臣、大袈裟《おおげさ》じゃないか？」

病院の個室に通された聖也は、入院手続きをさっさと済ませた将臣を軽く睨んだ。

「何を言っているんだ。意識を失ったんだぞ。精密検査はしておくべきだ」

「はぁ……、まったく。新婚旅行で長期休暇を取ったばかりで、仕事も溜《た》まっているのに……。検査入院なんて……」

聖也は大事をとって、ここに一泊二日の検査入院をすることになった。

本当に将臣は過保護すぎる……。

そう思いつつも、将臣がそれで安心するなら仕方がないかと思う自分もいる。あまり彼を心配させたくないのも本音だからだ。

「明日、迎えに来るよ。それまではここから出ないでくれ。まだ叔父のことが片づいていないからな」

その言葉に、聖也は将臣が今から武信と会うのだと察する。そして検査入院と言いつつも、聖也を安全な場所へ隔離したことにも気づいた。

「武信さんに会うのか——？　将臣、僕だけを守るというやり方は、受け入れらないと、以前も言ったはずだ。お前だけが危険に晒《さら》されるなんて、認めないぞ！　僕も行く。足手まといなどと言わせない」

「足手まといだなんて思っていない。本当にお前の検査が最優先だからこその選択だ。頭を打っているかもしれないんだ。検査をしてくれなければ、私はお前のことが心配で何も手がつけられない。叔父と対峙《たいじ》するのに、こんな気持ちでいたら、勝てるものも勝てなくなる。今回だけは私を安心させてくれ」

「将臣……」

聖也は自分の眉間に皺が寄るのがわかった。そんな聖也の表情を見て、将臣の顔が悲しげに歪む。

「頼む――お前がいたら、叔父は間違いなく、お前に手を出そうとするだろう。叔父にこれ以上罪を重ねさせたくないんだ」

「っ……」

将臣のいつもとは違う真剣な顔つきに、聖也は言葉を呑んだ。

いつもなら将臣に庇《かば》われるようなことはされたくない。だが、今回だけはそんな聖也の思いだけでは済まないことを感じずにはいられなかった。

「罪……やはり武信さんが一枚嚙《か》んでいたのか？」

「一枚嚙むどころか、黒幕だ」

柿崎が言っていたことは本当だったのだ。

「聖也、お前には言っていなかったが、私はずっと叔父を警戒していた」

「え……」

仲が良さそうに見えたので、それは意外だった。

「父も同じだ。叔父は昔から野心溢《あふ》れる男だったらしい。子供の頃の私に近づいてきたのも、東條本家の情報を盗むためと、子供の私なら上手く手懐《てなず》けられると思ったからだろう」

「そんな……」

驚きつつも、今の話に納得もできた。

二人が高校卒業の折、内輪だけの結婚式を挙げ、籍を入れたことは東條家の一部の人間には知らせてあったのに、武信には知らせていなかったのは、そのせいだったのだ。武信に知られると、なんらかの妨害があるのを察知していたのだろう。

「ここへ来る間に、叔父のことを調べさせ、今回の事件に関与していた証拠を集めさせた。かなり巧妙に隠していたが、調べたら叔父が手を回していたことがわかった」

「……そうか」

淡々と話す将臣であるが、やはり心のどこかでは叔父が罪を犯さないようにと、長年願っていたに違いない。

高校時代の事件もそうだった。自分たちの存在が他人に罪を犯させる。

「本当はこのまま叔父も罪を犯すことなく、諦《あきら》めてくれることを祈っていたんだ。よく会っていたのも、叔父が改心してくれるのを促しているつもりだった」

将臣の胸の内をしっかり聞く。彼の辛さが話すことで和らぐなら、少しでも多く彼の話を聞きたいと思った。

「……いや、違う。以前からなんとなくは感じていた。ここを突けば叔父の悪事がわかるだろうと察していた自分がいた。だから叔父が少しでも変な動きを見せたら、すぐに先回りをして、止めようと思っていたから、傍にいたんだ。叔父を信用していなかった自分が前提にいるんだ。はっ……なんか支離滅裂だ。自分がどうしたかったか、よくわからない」

「僕にはわかるよ。将臣は武信さんのことを大切に思っていたから、最善の方法を考えて傍にいたんだろう？」

聖也はそっと将臣を抱きしめた。

「僕は無事だったんだ。何も悪いことは起きていない。だから将臣は今できる最善の方法で対処すればいい。自分を信じて前へ進めばいい。僕はどんな将臣とだって一緒に前へ進む」

「聖也……」

将臣の手が聖也の背中に回り、きつく抱きしめる。そして聖也の耳元に囁《ささや》いた。

「下心があるとわかっていても、子供の頃、東條本家の嫡男だと、遠巻きにされていた私に声をかけ、気遣ってくれたのは叔父だけだった……」

「酷《ひど》いな。僕だって幼稚舎時代からお前を気遣っていたぞ」

「はは、そうだったな」

笑って顔を上げた将臣は、すでにいつもの彼に戻っていた。彼の中で何か一つ決心がついたのだろう。それは聖也にとっても決心をつけなければならないことを意味する。

だが迷うことはない。とうに将臣を生涯かけて支えていくと決めているのだから。

「今回は伊東専務がいろいろと助けてくれた」

「伊東専務が？」

聖也に将臣と別れたほうがいいと忠告してきた上司だ。

「専務も叔父のことを以前から不審に思っていたらしく、あの秘密の別荘などの情報も提供してくれた」

「伊東専務はお前のことを買ってくれているからな」

そう告げると、将臣が少しだけ表情を暗くした。

「……専務が少し気にしていた。聖也、お前にいろいろときついことを言ったと」

「ああ……大丈夫だよ。あんなの想定内だ」

「専務も今回の事件が発覚する前から、お前が敵対勢力に狙《ねら》われていることに薄々気づいていたそうだ。だからお前の身の心配もあって、話をしたと言っていた。まあ、あのおやじも狸だから、どこまで本当かわからないけどな。私のほうに分があると思って、態度を軟化させ、お前にもおべっかを使ったのかもしれない」

「そうかもしれないが、これから先のことを考えても、伊東専務を味方に引き入れたい。将臣も専務の言葉に上手く騙《だま》された振りをしておいてくれよ」

「わかっているさ。狸の尻尾《しっぽ》が見えていても、今まで通り気づかない振りをするよ」

将臣は聖也の額にチュッと軽くキスをした。

「じゃあ、私はカタをつけに行ってくる。明日の退院の際は迎えに来るから、待っていてくれ」

「ああ、将臣、無理をするなよ」

「わかっている。それ相応に対処してくるだけだ」

将臣が、今度は聖也の目尻に唇を寄せる。

「愛している。少しでも早くお前の顔を見に帰ってくる」

「ああ、早く帰ってきて、将臣。愛しているから」

聖也の言葉に将臣は頷くと、じゃあと言って病室から出ていった。彼の後ろ姿を、聖也は笑みを浮かべて見送るが、ドアが閉まった途端、表情を崩した。

「将臣……っ」

将臣のことを考えると、胸が締めつけられる。

彼は今から叔父と対決し、そして相応の処罰を下すはずだ。武信と将臣は聖也から見たら、とてもいい関係を築いていたように見えたこともあって、将臣がたとえ以前から叔父を不審に思っていたのにせよ、その気持ちを考えると、心が酷く震えた。

将臣――、これから先、誰かがお前を裏切ることがまだあるかもしれない。だけど僕はどんなことがあっても、最後までお前の味方だ。

聖也は自分の拳を握りしめ、痛む胸を押さえたのだった。

＊＊＊

将臣は病院の廊下をエントランスに向かって急いで歩いていた。車を待たせており、その足ですぐに叔父、武信に会いに行くつもりだ。

たぶん武信も将臣に勘づかれたことに気づいているはずである。彼が逃亡する前に捕らえなければならなかった。否、彼の性格を考えれば、将臣を返り討ちにするつもりで、なんらかの罠を張って待っているかもしれない。将臣がエクストラ・アルファだと知らないのだから、そういった愚行に走る可能性は高い。

「さっき、事件に遭ったオメガを大勢救助して連れていらっしゃった警察の人、かっこよかったよね」

バース医療センターの看護師の詰め所の前を通ったときだった。看護師たちの噂話がふと耳に入った。

本来なら気にも留めない噂話なのだが、『オメガ』という言葉と『警察』という言葉に、どきっとする。

「ああ、バース課の特別管理官って言っていたわよ」

「きゃあ、アルファのエリートじゃない」

「確か、倉持管理官って言われていたよね」

倉持――。

将臣はとうとう振り返ってしまった。『オメガ』そして『警察』。そのキーワードから得られる単語『バース課の特別管理官』。そしてそれらをすべて持ち合わせる人物で、『倉持』という名前の男は一人しか知らない。

将臣がずっと気にしている悪友だった男、倉持健司である。

彼が瑛凰学園を去ってから、将臣は聖也にも言わず、秘密裡《ひみつり》に倉持の行方を追っていた。あれから彼は有名大学へ入学し、卒業後は警察へ入庁した。そしてエリートアルファでしか入れないというバース課に配属され、優秀な特別管理官として活躍していることまでは把握している。

会いに行けば話せるかもしれない。だがまだ彼とのわだかまりが消えていないこともあって、正面から会いには行けなかった。だが、彼と偶然に出会えたなら――。

「すみません、今、お話ししていたその管理官はどこにいらっしゃるんですか?」

思わず、談笑していた看護師の一人に声をかけてしまった。詰め所の奥から『きゃあ』という黄色い声が聞こえる。いつもなら社交辞令で笑みを浮かべるが、そんな余裕さえなく、看護師からの返答を必死な形相で待った。

「え? あ、はい。えっと……今、帰られました」

「ありがとう」

将臣はすぐに踵《きびす》を返し、エントランスに向かって走った。今ならまだ彼に追いつくかも

しれない。

背後から『院内を走らないでください』と注意をされ、仕方なく早歩きですぐそこのエントランスまで歩いた。

「っ――」

エントランスに到着した途端、パトカーが今まさに門から外へと出ていくのが見えた。テールランプが赤く光り、そして外へと去っていく。

「倉持っ……」

あとわずかなところで、彼とすれ違ってしまった。

「くそ……」

たぶん彼は将臣がこの病院にいるのを知っていたはずだ。エントランスには将臣の古くからのお抱え運転手、竹内が運転する車が停まっていたのだから、目敏《めざと》い彼が竹内に気づかないはずはない。

それなのに将臣に声もかけずに帰ってしまったということは、忙しかったのかもしれないが彼が将臣に会いたいとまだ思っていない気がした。

「倉持、私に謝る機会くらい作らせろ」

低く声を絞り出す。だがその声は誰にも届くことなく、静かなエントランスへと消えていった。

＊＊＊

将臣はその日、行方をくらませた叔父、武信の居場所を、父の力も借りて突き止めることができた。

葉山《はやま》にある閑静な別荘地に、武信は秘密裡に別荘を所有しており、そこへ身を隠したらしい。大方、聖也の拉致が失敗したという報告を聞いたのだろう。逃げ足だけは早いようだ。ただし、将臣の力を過小評価しすぎで、すぐに潜伏先を見つけられるという失態を犯してはいるが。

将臣は葉山の叔父の別荘の前で車から降りた。そして使用人に叔父との面会を願い出ると、すぐに叔父が顔を出した。

「どうしたんだ、将臣。こんなところまでやってくるとは珍しいな。さあ、入りなさい」

叔父は何事もなかったかのように、変わらず優しい叔父を演じてくる。却《かえ》ってとても異様に感じたが、将臣は叔父が勧めるまま、応接間へと入った。

人払いをすると、叔父が応接間にあったカップボードからブランデーを取り出した。

「いいブランデーが手に入ったんだが、飲むか？」

「いえ、結構です。それより叔父上、どうして聖也に手を出されたんですか？」

「せっかちだな、将臣。そのせっかちさが、昔からよくないと、私は言わなかったかい？」

武信はグラスを二つテーブルの上に置いたが、結局は一つだけにブランデーを注いだ。

「叔父上、私がエクストラ・アルファかどうかを確認されたかったのなら、どうして直接私に聞いてくださらなかったのですか？　聖也を巻き込んだのは、たとえ叔父上でも許せませんね」

「許せない？　聞き捨てならない言葉だな。お前のようなひよっこにそんなことを言われる筋合いはない。許せないなどと、よくもそんなことを言ったものだ」

ブランデーに口をつけながら穏やかな表情で言われるが、その内容はその表情からはとても想像できないものだった。

「叔父上……」

「お前は兄……お前の父親と同じで傲慢《ごうまん》に育ってしまったな。自分がいつも上だと思い込んで、周囲の人間を見下す様はそっくりだ」

叔父から初めて父の悪口を聞いた。今までそんなことは一度も言ったことがない。将臣の前ではずっと兄は優秀だと、褒めていた。

「エクストラ・アルファ……。実際はほとんど実在しないバースだ」

そう叔父が告げたときだった。将臣の頬にピシッと火花が弾《はじ》けたような感覚が走った。

「っ！」

目の前の叔父の躰から凄《すさ》まじいアルファの力が放出されていた。

「叔父上！」

「お前たち親子を油断させるために、私が力を隠していたとは微塵《みじん》も思わなかったのか？愚かな親子だ。私の本当の力の強さも知らずに、でかい顔をしおって！」

ピシピシッと音を立てて、将臣の全身をかまいたちのようなものが襲ってくる。肌が切れることはないが、電気に触れたような強い痺れと痛みを感じた。

「お前たちが油断したところをねじ伏せてやろうと思っていたが、少々計画を変更せねばならないようだな。ここにお前を一生閉じ込めてやる」

「そんなこと、できるはずがありません」

「できるさ。お前がこうやって私を追ってくることはわかっていたから、『アルファ狩り』の男たちを用意しておいた。さあ、この生意気な甥を捕まえろ！」

『アルファ狩り』。『オメガ狩り』と同様、さまざまな依頼の中でアルファを誘拐することを専門としている闇組織《やみ》の一つだ。現在、国際的にも問題になっている。

叔父が闇組織と組んでいるという情報は入手していたが、実際こうやって聞くまで俄《にわ》かには信じられなかった。

こんな犯罪にまで手を染めてしまった叔父に対して深い悲しみを覚える。

「ほら、お前たち、何をぐずぐずしている。入ってこい！」

少し苛立《いらだ》った様子で武信がドアに向かって怒鳴る。しかし『アルファ狩り』と称された男たちは一向に入ってくる気配はなかった。

「どうした！」

武信は益々声を荒らげた。その様子を将臣は淡々と見つめていた。

「無駄ですよ、叔父上」

「何が無駄だ！」

「結界を張っています。誰もここに入ってこられないし、ここの様子も聞こえていないですよ」

「結界？」

武信が、意味がわからないとばかりに片眉を跳ね上げた。それもそのはずだ。結界とはエクストラ・アルファだけが持つ能力で、他のバースには知られていない力だった。

エクストラ・アルファが己の気配を消したり、他人を排除したいときに使う力だ。

「私の張った結界を破る者はまずいない。ここに入ったが最後、誰も助けを呼ぶことはできませんよ」

「そんなマジックのような真似《まね》をしおって。そんなもの、打ち破ってやるわ！」

「私の力に打ち勝つなど、叔父上には無理だ」

最強のバースと呼ばれるエクストラ・アルファに勝てるバースはない。

ただ一人の例外を除いては——。

エクストラ・アルファは他バースの力を無効化したり、結界を張って他人を排除できる力があるが、『運命の番』だけには効かない。

エクストラ・アルファがすべてを捧げ愛する『運命の番』には、どんな能力をも全部無効化できる力が、番ったその瞬間から備わるとされていた。

将臣のエクストラ・アルファの力を無効化できるのは『運命の番』である聖也だけだ。裏を返せば、実はバース性上、最強なのはエクストラ・アルファではなく、その『番』なのである。

極論すれば、エクストラ・アルファを殺せるのはその『運命の番』だけだとも言われていた。

それゆえに、エクストラ・アルファが『運命の番』に出会うということは、その相手に命を捧げる覚悟をするという意味にもなる。

それくらい強い覚悟と愛を『運命の番』に注ぐのだ。

将臣にとって聖也は、自分の『運命の番』として、己の力を使ってでも無理やりアルファオメガにして手に入れたかった、世界で一番大切で、心から愛する伴侶である。

——聖也以外に命を取られるようなことはしない。この命、この躰、すべてが聖也のものだから、他人に渡したりはしない。

将臣はその躰に、最大限の力を漲《みなぎ》らせた。

「なっ……なんだ、この上から押さえつけられたような感じはっ……」

圧というのか。武信が立っていられないとばかりに床に膝をついたが、耐えられず抵抗しながらもゆっくりと床に頽《くずお》れていく。

「だ……誰か……あ……」

「無駄だと言ったでしょう。あなたの声は誰の耳にも届かない」

「な……まさか、お前……本当にエクストラ・アル……ファ」

武信がようやく気づいたようで、小さく慄《おのの》いた。

「……本当の力をあまり他人には見せたくなかったんです。ですが、叔父上は聖也を傷つけようとした。私の中では万死に値する行為です」

「将臣……考え……直せ……。今なら私はお前に協力を……惜しまない……ぞ。お前に総帥の座を……与えて……うっ……」

いきなり武信が、見えない力によって床に強く押しつけられた。将臣の瞳《ひとみ》が徐々に冷たい色に変わっていく。

「このまま叔父上には消えてもらってもいいかもしれない。ただ、最近の警察は優秀で、どんなに巧妙に人を殺しても、いつかはばれてしまうかもしれない。別に私はそれでも構わないのですが、私がそんな罪を犯したと知ったら、聖也が悲しむ。私は聖也を悲しませたくないんですよ、叔父上」

将臣はそっと武信に微笑《ほほえ》みかけた。

「ま、将臣……」

突然、どこからともなく突風が巻き起こり、武信を包み込む。

「うわっ！」

かつて聖也の従兄《いとこ》、佐々木《ささき》が聖也を番にしようと誘拐したことがあった。あのとき佐々木にしたように、エクストラ・アルファの力で将臣は武信を縛りつけた。

将臣の意に反したことをすれば、精神的にかなりの苦痛を伴う力だ。ときには死に至ることもあると聞いたこともある。勿論、悪事を企《たくら》むことなく穏便に暮らせば、まったく問題のないものであった。

床で這《は》いつくばり苦しむ叔父を見下ろし、将臣は口を開く。

「叔父上、今の役職で満足してください。そして定年後は隠居し、静かに余生をお過ごしください。それが東條本家、当主である父と、次期当主である私の願いです。では失礼します」

将臣は軽く頭を下げ、そのまま応接室を出た。

心が冷たくなる。

エクストラ・アルファの力で人をねじ伏せるたびに、心が凍っていくのを感じずにはいられない。だが、聖也に抱きしめてもらえば、一度凍ったその心も温かく血が通うのだ。

早く聖也に会いたかった。

＊＊＊

将臣が都内のオフィスに戻ってきたのは、すでに夕刻を過ぎた頃だった。

聖也が病欠であるため、代わりに花藤が書類をまとめてくれており、それをパソコンでチェックするだけになっていた。

花藤はオメガではあるが、東條一族の出身のため、一般的なオメガとは違ってエリートが集う瑛凰学園で、アルファと同様の一流教育を受けてきた。

一般的にオメガは、まだまだバース差別をする人間もいるので、一流の教育を受けるのが難しいのが現状だ。また発情期の関係もあるので、一般の企業に勤めるのも難しいとされている。

そんな中、花藤は瑛凰学園時代で起こした事件が原因で険悪だった将臣と和解し、今は聖也のオメガ友達、そして良き理解者として、支えてくれている。

こうやって聖也がいないときは、代わりに将臣のサポートをするほどの有能なオメガだ。

その花藤が青い顔をして、データをチェックしていた将臣のところへやってきた。

「部門長、叔父様の東條専務が……」

「叔父がどうかしたか？」

先ほどまで実際会っていた叔父の名前に、将臣はパソコンの画面から顔を上げた。

「たった今、警察に逮捕されたそうです」

「え……」

将臣は言葉を失った。

■ Ⅵ ■

その夜、東條グループに衝撃的なニュースが走った。

東條武信が、オメガに対しての性的虐待の常習犯として警察に逮捕されたのである。

天下の東條グループの、しかも幹部の犯罪はマスコミの格好の餌食《えじき》となる。将臣はマスコミの目から逃げるようにして迎えに来た車に乗った。

東條グループ総帥、鷹司夜源から東條本家、そして分家の当主らに緊急招集がかかったのだ。

迎えに来た車にはすでに父である将貴《まさたか》も乗っていた。

「今日、武信に会ってきたのではないのか？」

父が視線を正面に向けたまま話しかけてきた。

「ええ、葉山まで行ってきましたが、警察の気配はありませんでした」

武信の居場所を捜索している際も、警察などまったく感じることはなかった。

バース社会においての名家、東條一族が相手ということで、よほど慎重に警察も動いたのだろう。

「少し裏を感じるな。狡猾なあれが、こうも簡単に警察に証拠を握られるとは俄かに信じがたい。今回の聖也君の件も、あれにしては計画が杜撰《ずさん》だ。武信よりも一枚上手の何者かに、踊らされたかもしれぬな」

「第三者がいるということですか？」

「かもしれんということだ」

父はそう言うと口を閉ざした。確かに今回の叔父の動きは、どうして今、このタイミングで聖也に手を出したのか、不明な点が多い。

叔父には何か理由があったはずだ。一体、何が叔父を追い立てたのか。

わからないことが多すぎる。ただ、『オメガ』、そして『警察』というワードが重なると、どうしても倉持の顔が浮かんできてしまう。

倉持が関係しているのだろうか。

つい、そんなありえないことを考えてしまった。しかし……。

そういえば、バース医療センターで、彼が事件に巻き込まれたオメガを連れてきたようなことを、看護師たちが話していた。あの事件が、すでに武信の今回の逮捕に関係していたとしたら。

そこまで考えて、将臣は軽く頭を振った。今の自分に倉持と接点があるとは思えない。彼は彼で、自分の道を歩んでいるはずだ。

「叔父のこれまでの不審な行動を、もう一度洗い直しておきます。このままだと父さんが言うように、第三者の影がないとは言い切れませんから」

そしてもし本当にそのような人物が実在していたとしたら、その人物が何を目的としているのか探らなければならない。対象が叔父だけではなく、東條本家や一族である場合も無きにしもあらずだ。

将臣は首都高へと入る車の窓から、都内の夜景に視線を移した。

東條一族現総帥、鷹司夜源の鎌倉《かまくら》の本宅は、鬱蒼《うっそう》と生い茂る庭木の中に、ひっそりと佇《たたず》んでいる。千坪近い本宅は、檜《ひのき》造りの立派な門を潜《くぐ》り、玄関まで日本庭園が続く、かなり大きい純和風の屋敷だ。

将臣は父と一緒に、二間続きの大広間に通された。すでに大勢の東條分家の当主が集まっており、誰もがこちらを振り返った。本家当主の実の弟の失態だ。非難の目を向けられる。

「将貴殿、このたびのこと、どう処理されるおつもりか？」

分家の当主らが我慢ならんとばかりに将臣の父、将貴に尋ねてきた。将貴は大して動揺することなく、淡々と返答する。

「羽島《はしま》殿、武信は弟ではありますが、すでに所帯を持ち、本家から出ている身です。私がどうこう言う範疇《はんちゅう》ではありませんよ」

「しかし武信殿は未だに『東條』を名乗っておりますぞ。まったく関係ないというわけにはいきますまい」

「ええ、関係ないとは思っておりません。ただ、私個人で決められる物事の範疇を超えていると申しているだけです」

「責任をとって幹部会のメンバーを辞任されるしかないでしょうな」

幹部会。総帥、鷹司夜源を頂点として成り立つ組織のことである。グループ内の会社組織とはまったく別で、東條一族出身の七人で構成され、日々総帥の補佐をし、東條グループの指針を決定したりする、ブレインに当たる組織であった。

総帥にはなれずとも、幹部会のメンバーになることを目標としている東條出身の人間も多い。そういった中で、将貴が幹部会から失脚することを望む人間も少なくはなかった。

「私の進退にはまったく関係ない話だと思っております」

「実の弟の管理もできないというのは、本家当主として、かなりの失態ではありませんか？　幹部会のメンバーとしては、いささか頼りない気がいたしますな」

「そうですね。そのような意味であれば、本家の当主である私に、無礼な振る舞いをする羽鳥殿も、次期幹部会のメンバーを目指されるなら、まだいろいろと足りないものがあるのではありませんか？」

きっぱり父が告げると、羽鳥の顔が気色ばんだ。

「な……っ……どれだ……け……っ」

羽鳥が声を上げたときだった。静かに襖《ふすま》が開く。和室に入ってきたのは、総帥、鷹司夜源だった。

歳《とし》は六十五であるが、アルファの力が強いせいか、実際は年齢よりもかなり若く見える偉丈夫だ。人を従えるカリスマ的なオーラを放ち、彼はそのまま広間の上座についた。

その場にいた全員が彼の力に圧倒され、自然と首を垂れる。すると夜源の力強い声が響いた。

「東條一族の膿《うみ》はたとえ本家であろうが例外なく処罰の対象となる。武信は東條家から除籍とする」

広間が一瞬ざわっとする。武信は本家出身であるため、武信一代限りではあるが『東条』の名前を持ったまま所帯を持っていた。当主ではなかったが、武信にとって、『東条』という名前はステイタスであり、各方面に顔を利かせられる武器だ。

武信はこの決定で、分家の出である妻の実家の婿養子となるだろう。だが、妻の兄が分家の当主となっているので、武信がそこで頭角を現すことはほぼ無理だ。いや、その前に問題を起こした武信は、妻の実家でお荷物として生きていくしかない。

それはあの野心ある武信にとって、屈辱の決定だ。

「今回の事件が起きたのを機に、改めて告げるが、謀反を試みる者、犯罪に手を染める者は、本家分家関係なく厳罰に処す。容赦はしない。武信に関しては公的機関でしかるべき刑罰を受けた後、蟄居《ちっきょ》させる。よいな、将貴」

いきなり父に声がかかる。父は動揺することもなく冷静に答えた。

「意のままに」

本家当主である父が頭を下げるのを見て、そこにいる分家の当主らが息を呑むのが伝わってきた。

いろいろあっても、分家にとって本家は権力の上では絶対だ。その絶対権力である本家の当主が総帥に頭を下げ、同意したのだ。今や東条本家よりも、東条グループ総帥のほうが、力が上だということを分家の当主たちも思い知ったのであろう。皆が口を噤《つぐ》んだ。

将臣は頭を下げながら、これも父と総帥の間であらかじめ仕組んだことのような気がしてきた。

未だ古参の分家などは、下位の分家である鷹司家出身の総帥を軽んじているところがある。今夜の本家の言動は、かなり彼らに影響を与えるだろう。

それに、総帥が下した武信に対しての決断は、父、将貴にとっても益のあるものだ。将臣がエクストラ・アルファの力で武信を精神的に隷属させたものの、決定的に東條本家から排除できるかといったら、なかなか難しい。だが、総帥の一言ですべてが解決してしまった。当主である将貴と東條本家の邪魔を二度としないように、武信を隔離したと言っても過言ではない。

しかも父自身の発言ではないのだから、後で何か問題が起きてもどうにでも言い逃れることもできるというオマケまでついてくる。

結局は、狸と狐《きつね》の悪巧みのような気がしてきた。

将臣が父と総帥の企みに気づいたと同時に、再び総帥の声が頭上に響いた。

「以上だ。皆、気をつけて帰られよ」

総帥は立ち上がると、そのまま広間から去っていった。彼の登場はまるで嵐《あらし》のごとく、一瞬のことだった。

襖が閉まると、あちらこちらから安堵の溜息が聞こえた。

「はぁ……まったく緊張することこの上ないな。総帥ももう少し力を抑えてくださらないと、こちらが悪酔いする」

「本当に相変わらずアルファの力が漲っておりますな」

分家の当主たちの声を耳にしていると、隣に座っていた父が静かに声をかけてきた。

「帰るぞ、将臣」

「はい」

分家の当主たちと馴《な》れ合う気はないようだ。父はすっくと立ち上がると、雑談を始めていた分家の当主らに挨拶だけして、広間から出た。将臣も父の後についていく。

そのまま長い廊下を玄関へ向かって歩いていると、急に背後から呼び止められる。

「東條様」

振り返ると、恐ろしいほど美しい女性が立っていた。それは人間離れした、何か畏怖《いふ》さえも感じる美しさである。

「鞠子《まりこ》様」

父は名前を口にすると深く頭を下げた。その様子から、彼女が総帥の妻であることに将臣は気づいた。

鷹司鞠子。総帥とは四十歳違いの後妻にあたる。オメガ特有の美貌《びぼう》の持ち主であるが、この美しさはそれだけではないものがあった。

軽くウェーブがかかった黒く艶《つや》やかな髪に、長い睫《まつげ》毛に隠された、どこまでも深い黒色の瞳。その瞳を見つめていると、闇の深淵《しんえん》に吸い込まれそうな錯覚さえ抱いた。

彼女が一歩近づく。それだけでブワッと押しのけられるような力を感じた。アルファを圧倒するほどの力はオメガにあるまじきものだ。たぶん夫である総帥の愛情を一身に受けているせいで、彼の力が彼女にも移っているのだろう。

彼女は薄桃色の唇にわずかに笑みを乗せて、話しかけてきた。

「東條様、少し将臣様とお話がありますので、席を外していただけませんか？」

いきなり自分の名前が出てきて、将臣は俄かに瞳を見開いた。

彼女と接点が何かあっただろうか――？

「わかりました。将臣、先に車に戻っている」

父は将臣にそう言うと、そのまま玄関へと向かって去っていった。将臣は改めて鞠子に向き合う。

「鞠子様、私に何か？」

「あまり兄に関《かか》わらないでやってくださいね」

「兄？」

まったく思い当たらない。すると鞠子がくすりと笑った。

「ご存じではなかったのですね？　倉持健司ですわ。わたくしの兄です」

「っ……倉持の……」

突然のかつての悪友の名前に、思わず息を呑んでしまった。

「ええ、そっとしておいてくださいませね」

鞠子は将臣の動揺をよそに、双眸を細め、妖艶《ようえん》な笑みを浮かべる。

「では、また。ごきげんよう、将臣様」

将臣の返答も聞かずに踵を返し、鞠子はそのまま去っていった。

＊＊＊

帰りの車の中は、父との会話もあまりなかった。将臣は静寂の中、鞠子との会話を何度も反芻《はんすう》していた。

悪友だった倉持は東條一族の出身ではなく、いわゆる一般の家庭から生まれたアルファで、東條一族そのものとは関係なかったはずだ。

それが、妹が東條の総師の妻であるという現状に、驚かざるを得ない。

しかしそれが今まで将臣の耳には入ってこなかったというのもおかしな話だった。何か意図的なものを感じずにはいられない。

ふと将臣のスマホが振動する。バース医療センターにいる聖也からのＳＮＳだ。

『お疲れ様です。先ほどニュースを観ました。僕に何かできることある？』

どうやら武信のことをニュースで知ったようだ。将臣はすぐに返信した。

『こちらは大丈夫だ。聖也、もう消灯の時間じゃないのか？』

深夜近くだ。本来なら寝なければならない時間帯のはずだ。しばらくすると聖也から返信が来る。

『個室だからこっそり起きている。夜の九時に消灯って早すぎる』

さらに怒っているクマのスタンプが送られてきた。それを見て、無性に聖也に会いたくなった。今朝《けさ》会ったばかりなのに、ずっと会ってないような気がして、焦がれる。

『検査の結果は出たか？』

続けて文字を打つと、すぐに返答があった。

『結果は明日にわかるみたいだ。将臣が迎えに来たときに、先生から直接伝えるって言っていたよ』

『今からこっそりそっちへ行っていいか？』

我慢できずにそんなことを打ってしまう。すると、しばらく聖也から返答が来なかった。

聖也を困らせてしまったか……。

病院の規則を破るようなことを書いてしまったことを後悔する。すると聖也からの返事があった。

『会いたい』

たった一言だけ書いてあった。

「っ……」

彼がどんな思いでこの言葉を書いたのかと思うと、それだけで愛しさが込み上げてくる。

どんなに大変でも自分には戻る場所、守る場所や人がいる幸せを改めて感じた。

『あと一時間くらいで行く。待っていてくれ』

『看護師に見つかるなよ』

『了解』

短く返事をして、スマホをしまった。

＊＊＊

時刻は夜中の一時を過ぎていた。消灯時間が夜の九時なので、すでに四時間も病院の規則を破って起きていることになる。個室だからできることだ。

聖也はベッドの脇《わき》に置いてあるスタンドの灯《あか》りだけ点《つ》け、暇潰しも兼ねて電子書籍に目を通していた。気になっていたが忙しくて読めなかったものである。

そろそろ将臣が到着する時間だ。

東條武信が逮捕されたというニュースを、聖也は夜の報道番組で知った。

将臣がエクストラ・アルファの力を使えば、逮捕などという東條グループにとってスキャンダルになるようなことはしないはずだ。たぶん将臣が予想していなかったことが裏で起きたに違いない。

大丈夫だろうか……。

将臣のことだから大丈夫に決まっているのだが、心配なものは心配だ。

溜息をつくと、小さくドアがノックされる音が聞こえた。ドアの向こう側でもわかる。

運命の番の気配がした。

「将臣？」

　呼びかけと同時にドアが開く。そこには将臣が朝別れたときと同じスーツを着て立っていた。この春に聖也が見繕って仕立てた、老舗テーラーのオーダーメイドスーツだ。そのスーツを見ただけで、それまで緊張していた聖也の心がほんわかと温かくなった。

　いつでも、どこにいても、将臣の躰の一部に聖也自身の思いが、愛情が加わっているのだと思うと、二人の繋がり、『伴侶』という関係が愛おしく思えてくる。

　愛を、誰にも遠慮することなく伝えられる関係――。

「遅くなった。今夜はここで泊まろうと思って、今、看護師にも許可をとってきたよ」

「え？　ここへ泊まるの？」

　思いも寄らないことを言われたので、つい聞き返すと、将臣がいじけたような表情を見せた。

「泊まったら駄目なのか？」

　他の人間には絶対見せないその表情に、聖也はつい笑ってしまった。

「駄目じゃないけど、ここ、簡易ベッドしかないけど、大丈夫か？」

「深夜まで頑張って働いて、パートナーが恋しいあまりにやってきた私を、そのベッドには入れてくれないのか？」

「……将臣、ここ、病院ってわかっているか？」

思わず呆《あき》れてしまう。

「わかっている。ちゃんと看護師に許可とったから、彼らも遠慮して、夜の見回りに来ないだろう。みんな公認さ」

はっ!?

「な、そんな変な気遣いをさせるな。というか、みんな公認って、お前は何をするつもりなんだ！」

「何って、フッ……ナニだろ？」

左手を取られたかと思ったら、その手の甲にキスをされる。

「オヤジ臭いこと、言うな」

慌てて手を引っ込める。すると将臣が少し傷ついたような顔をして、小首を傾《かし》げた。実にわざとらしい。

「聖也……本当に駄目か？　検査入院中だから、無理はさせない」

だがわざとだとわかっていても、聖也は将臣のそんな表情に弱かった。

「……軽く……あ……一回だけだぞ」

小さい声でそんなことを呟《つぶや》いてしまう。自分でも将臣に甘すぎると思うが、彼を甘やかしたいと思う自分もいて、本当に『愛』とは厄介なものだと実感中だ。

「そんな上目遣いで言われたら、逆にねだられているように思えて、結構クるな」

「莫迦な妄想をするな」

「そうだな、妄想しなくても、今から何度もねだってくれるしな」

「……莫迦」

「莫迦だよ。莫迦になるくらい好きだ、聖也。愛している」

唇にちゅっとキスをされるのとほぼ同時に、寝巻きの上着のボタンを器用に外される。すぐに素肌が彼の目に晒された。

「聖也、お前に何もなくて、よかった――」

「将臣……あっ……」

乳首に彼の指の腹が触れる。すでに敏感になっていた聖也の肌は、それだけでも官能の焔《ほのお》を躰中に灯《とも》した。

「もう腰が揺れているぞ、聖也。やはりお前も私を求めてくれていたんだな」

「はっ……当たり前だ……っ。僕だって……将臣に触れたかったんだ……あっ……」

将臣の唇が聖也の乳首を甘嚙みした。そのままねっとりと舌を絡め、きつく吸いついた。

「んぅ……」

乳首からじんわりと甘く重い痺れが生まれ、聖也の下肢を刺激する。それと同時に、聖也の躰が甘い欲望に蕩《とろ》け始めた。

「あ……聖也……っ……」

吐息交じりで名前を呼ばれ、聖也の全身が快感に粟立《あわだ》つ。

将臣はそのまま舌を躰の中央に沿って這わせ、今度は臍《へそ》を愛撫《あいぶ》した。

「ああ……んっ……そこじゃ……なくて……」

「そこじゃなくて?」

顔を上げた将臣と目が合う。彼のまだ余裕のある瞳を見て、素直に言わなければ焦《じ》らされるに違いないことを悟る。

「ここ……触って……」

ここと言いながら、彼の手を握り、自分の股間《こかん》へと導いた。

「ここを触るだけでいいのか?」

将臣はそう言って、聖也のまだ勃《た》ちきらない劣情を寝巻きの上から指先で煽《あお》るようにそっと撫《な》でる。中途半端な愛撫に背筋がぞくぞくした。

——焦らされる。

じわりじわりと獲物を狙う獅子《しし》のように、聖也を快楽の淵《ふち》へと追い詰めてくる。決して一気に攻めてこようとはしなかった。

「将臣っ……」

我慢できずに甘い声でねだってしまう。

「聖也、触ってから、その後どうされたい？」

「擦《こす》って……強く擦って。将臣を感じさせてっ……」

「挿《い》れてもいいか？」

「いい……挿れて……」

「承知した」

将臣は双眸を細めると、聖也の額にキスをした。そしてそのまま寝巻きの下と下着を脱がせ、直《じか》に欲望へ指を絡ませる。

「あっ……」

腰がまた揺れてしまった。躰が素直に将臣を欲する。

「ああっ……」

下半身に急速に熱が集まってくる。先端から蜜《みつ》が溢れる感覚に背筋が痺れた。次第に下肢から淫猥《いんわい》な湿った音が聞こえ始める。

「将……お、み……」

名前を呼べば、彼が背を伸ばして、聖也の顔を覗《のぞ》き込んできた。そのまま下唇を啄《つい》ばまれる。聖也は彼の頬に手を伸ばした。

「将臣……何かあったら、僕に教えてくれ」

「え？」

彼の瞳がわずかに見開く。

「いや、言い方を変えるよ。お前が僕に話せるようになったら、いつでもいいから教えてくれ」

「聖也……別に何もないよ」

将臣が軽く笑う。だが長年一緒にいた聖也にはその笑いが本物ではないことに簡単に気づく。

「……お前は僕の前では特にかっこつけたがりだから、辛いことがあったとしても、そうやって隠してしまうだろう？　別にそれでいいんだけど、僕に話せるときが来たら、話してほしい」

「聖也……」

「ただ覚えておいて。僕はお前の伴侶だ。お前に支えられるだけじゃなくて、支え合っていくんだ。僕にはお前を心配できる権利があるんだから、心配くらいさせろ、な」

ずっと言いたかった言葉を口にする。すると将臣は参ったという表情を零《こぼ》し、苦笑した。

「聖也には敵わないな。やっぱりお前が最強だ」

将臣が聖也の顔じゅうにキスの雨を降らせた。

「愛している。お前がいなかったら、私は一秒だって生きていけない」

彼の唇が触れるか触れないかの距離で囁かれる。そしてそっと唇を吸われた。じっと間近で見つめられる。

「もう少し、待っていてくれ。今はまだ聖也に何か言えるほどいろいろとまとまっていないんだ。そのときが来たら、お前に絶対言うから、もう少し待っていてくれ」

「ああ、わかっているよ」

聖也は将臣の肩に手を回し、柔らかく抱きしめた。

「一人で解決しようと無理をしてほしくないから、言っただけだ」

今度は聖也から将臣の鼻先にキスをした。そして見つめ合うと、将臣が聖也の二の腕の内側に唇を寄せた。痕《あと》がつくほどきつく吸われる。

「っ……」

二の腕に甘い疼痛《とうつう》が走る。だがすぐにそれは官能的な痺れに変わり、聖也の背筋を駆け上がった。

深い快楽の底なし沼へとゆっくりと引きずり込まれる。彼の顔を見上げ、聖也の鼓動が大きく音を立てた。彼の劣情に塗《まみ》れた瞳とぶつかり、淫《みだ》らな熱が滾《たぎ》る。

「あっ……」

いきなり彼の指が下半身に絡みつき、声が出てしまった。慌てて口を噤む。

「んっ……」

「声を聞かせてくれ、聖也」

「でも……外に……聞こえ……たら……はあっ……」

激しく擦られ、思わず嬌声《きょうせい》を漏らしてしまった。すぐに両手で口許を押さえ、将臣を睨む。

「大丈夫だ。さっき言った通り、皆、遠慮してここには近づかないさ。それに結界も張った。万全だ」

「そんな……力の無駄遣いする……なぁ……っ……あぁ……」

聖也のすべてを知っている将臣の指先が、巧みに聖也を煽る。茹《う》だるような快感が全身を呑み込んだ。

「あ……まさ……お……あぁぁ……」

彼の手の動きが激しくなる。激しさと比例して勢いを増す狂おしい喜悦から本能的に逃げようと、腰を浮かせた。だが、すぐに四肢を押さえつけられ、引き戻される。

「んっ……」

今度はねっとりとした生温かいものが聖也の乳頭をすっぽりと覆った。将臣が再び乳首に舌を這わせたのだ。

「あ……駄目だって……あぁ……駄目……っ……」

聖也の声など一切無視し、将臣は舌や歯を駆使して好き放題に愛撫した。

「あぁ……っ……んっ……あ……ふぁ……」

激しく聖也を攻め立てたかと思えば、ときには柔らかく噛んだりして、緩急をつけて淫猥に乳首をしゃぶられる。さらに下肢は相変わらず射精を促すように巧みに扱《しご》かれていた。

「あっ……」

聖也を襲う愉悦の波が激しさを増す。躰の芯《しん》から湧き起こる甘い熱に視界が霞《かす》む。このどろどろとした熱の塊を外へ出さなければ、気が変になりそうだった。

将臣の指が聖也の蕾《つぼみ》へと移る。何度か閉じた蕾をノックされ、そっと差し込まれた。

「んあ……」

なんともいえない感覚に変な声が出てしまった。将臣が堪《こら》えきれないように笑い、そして隘路《あいろ》を指で丹念に解《ほぐ》し始める。

内腿《うちもも》に温かいものが伝い落ちていく感覚に背筋が痺れた。彼の唾液《だえき》なのか聖也の愛液なのか判別できないが、それが病院のベッドのシーツに卑猥《ひわい》な染みを作っているのは見なくてもわかる。

「あ……将臣……シーツが、汚れる……っ……」

「そんなシーツの心配ができるほど、まだ余裕があるのか？　面白くないな。私だけを見つめて、考えてほしいのに――」

「ふっ……」

突然内腿をきつく吸われる。またキスマークをつけたようだった。

「シーツはちゃんと始末しておく。心配するな。だから私に集中してくれ、聖也」

「も、うっ……」

将臣の背中を軽く叩いて抗議するが、すぐに我慢できずに彼の背中を抱きしめた。もう我慢できなかった。理性が音を立てて崩れていく。

欲しい――。

「もう、早く挿れろ……っ……」

彼のもので躰中を埋め尽くしてほしい。その愛を余すことなく感じたい。熱い楔《くさび》で擦って、最奥まで穿《うが》たれ、彼を独り占めしたい。

「挿れるぞ」

切羽詰まった声で告げられ愛しさが増した。瞼《まぶた》を閉じると、灼熱《しゃくねつ》の楔がゆっくり聖也を貫いてきた。

「あぁっ……」

彼の劣情に擦られた蜜襞から、次々と淫らな痺れが湧き起こる。その痺れに触発されて、一瞬にして聖也の躰が燃えるように熱くなった。絶え間なく与えられる快感に聖也の肌が粟立つ。

「ああっ……はあっ……」

襞《ひだ》が蠢《うごめ》くたびに、息が詰まりそうになるほどの快感が襲ってきた。ずるずると肉襞を引き摺《ず》られる感覚に悶《もだ》えるしかない。だが同時に、彼が聖也の中で一層嵩《かさ》を増すのをリアルに感じ、幸福感に胸が満たされた。

「将臣……っ……あぁぁ……」

名前を呼ぶも、激しくされて言葉にならない。突き上げられるたびに、眩《くら》むような快楽が湧き起こった。淫蕩《いんとう》な甘い痺れに、躰が蕩けてしまいそうだ。

二人の熱が溶け合って、どこからが自分なのか、そしてどこからが将臣なのか、境界線が曖昧《あいまい》になってくる。いや、最初から一つなのかもしれないとさえ思えてきた。

「あっ……あっ……」

彼の抽挿が激しくなる。その大きなストロークに魂ごと躰が揺さぶられた。

「聖也……っ」

「あぁぁ……っ……深いっ……ああっ」

脊髄《せきずい》を伝って脳天まで快感が突き上げる。気づけば聖也は白濁した蜜液を将臣の腹にまで飛ばしていた。

「っ……はあはあはあ……」

粗相をしたような感覚に、恥ずかしさを覚え、全身が熱くなる。だがそれもすべて快感へと繋がっていき、またもや軽く吐精をした。駄目だ。止まらない。

「あっ……ああっ……」

本能的に彼を締めつけてしまった。将臣が低く唸ったと同時に、躰のどこかわからないほどの奥で、熱い飛沫《ひまつ》が弾けるのを感じた。

「んあっ……」

躰の奥が愛によって濡《ぬ》らされていく。彼の精液を受け止めるたびに愛が募った。

もっと——。

聖也は淫らな熱をますます昂《たかぶ》らせた。奥を刺激され、続けてまた自分も蜜液を零す。

「まだ搾り取れそうだな」

将臣が中に精液を注ぎ込みながら、吐息交じりの声で囁いてくる。

「な……む、無理……っ……あぁ……」

精液は止《とど》まることなく、どくどくと聖也の中に吐き出される。

「多い……っ……」

「お前を孕ませたい。私たちの子を産んでくれ。二人の愛の結晶をこの手に抱きたい」

「将臣……」

溺れる——。

細胞の一つ一つが、彼の精液によって塗り替えられそうだ。

「ああっ……」

「愛している、聖也っ……」

将臣は聖也の下腹部を、まるでそこにすでに赤ん坊がいるかのように愛おしそうに撫でると、下半身を抜くことなく、再び腰を動かし始めた。

「ああっ……」

わずかであるが、衝撃でまた吐精してしまう。

「っ……無理、もうっ……」

将臣が勝手に第二ラウンドへ突入した。聖也は慌てて彼を止めようとしたが、間に合わなかった。

「一回だけって……言った……ぁぁ……」

腰を強引に引き寄せられ、がっちりと奥へ男の欲望を捻《ね》じ込まれる。

「あぁあぁあぁっ……」

嬌声を上げると、将臣の唇が塞いできた。息苦しいほど長いキスの後、愛おしそうに下唇を甘噛みされる。それから何度も戯れるように唇を重ねた。

愛している――。

言葉がなくてもお互いに思いを通じ合わせる。愛しい思いが胸いっぱいに広がった。

「は……っ、好き……っ……将臣……んっ……」

「え……」

彼が固まり、一瞬腰の動きが止まる。そして彼は耳まで赤くして囁いた。

「私も好きだ。世界で一番聖也が好きだ。愛している」

最高の笑顔で答えてくれる将臣の頬を両手で包み込むと、聖也はそっとその唇に自らキスをしたのだった。

■ Ⅶ ■

人の噂も七十五日。

聖也が誘拐された事件から三ヶ月近く経った頃、叔父、武信が逮捕されたスキャンダルもそろそろ世間から忘れられかけていた。

将臣も日々仕事に追われながらも、聖也との愛を深め、公私ともども充実した日々を過ごしている。

三ヶ月前、モーリシャスへハネムーンに行ったのが随分前のような気がした。

あんなに大っぴらに聖也とイチャイチャすることはあまりないので、また結婚記念日で、モーリシャスかまたは別の海外へ行こうかと計画しながら、将臣は仕事を手早く終わらせた。聖也がいるバース医療センターへと迎えに行くためだ。

聖也は最近少し微熱が続いており、風邪《かぜ》気味だった。ちょうど定期検診もあったので、今日、仕事を定時で終えて、バース医療センターへ行ったのだ。

本当は送っていきたかったのだが、聖也に『仕事をしろ』と一喝され、それは諦めざるを得なかった。だが代わりに迎えだけは絶対に行くとごり押しをし、どうにか聖也から許しを得ての迎えだ。

将臣は仕事を終えたその足で、バース医療センターへと向かった。

バース医療センターへ行くと、顔なじみの看護師が将臣を見つけて、大慌てでこちらに走ってきた。

「東條さん！」

「どうされたんですか？　院内は走っては駄目じゃなかったんですか？」

冗談交じりにそんなことを言って、笑みを浮かべた。看護師はいつもなら頬を染めて照れるところなのに、真剣な顔をして言葉を続けた。

「今日は特別です。早くこちらへ！」

「え？」

彼女の真剣さに少し不安が過《よぎ》る。

聖也に何かあったんだろうか……？

彼女に引っ張られるまま走っていくと、見慣れた診察室の前に到着した。

「ここです！」

そう言われても意味がわからない。勝手にこの診察室のドアを開けてもいいということだろうか。

将臣が恐る恐るドアに手をかけたときだった。中から聖也の担当医の声が聞こえた。

「おめでとうございます」

おめでとうございます？

一瞬ドアを開けようとした手が止まる。

「妊娠三ヶ月です」

ええっ！

バンッ！

横開きのドアを思い切り開けた。ものすごい音がし、診察室にいた先生や看護師、そして聖也までもが驚いて躰をビクッと震わせたのが視界に入る。だが今はそんなことを気遣っている場合ではない。

「妊娠だって⁉」

「ま、将臣⁉　な、どうしてここにいるんだ。会社はっ？　って、あっ！」

目の前の世界一愛しい運命の番を力強く抱きしめる。

「そろそろ時間だと思って迎えに来たんだ！　それより子供……子供ができたなんて……

ああ、ありがとう、聖也。お前は私にいつも幸せをくれる天使だ！」

「ま、将臣っ……」

「よかった。お前からゴムなし解禁をいただいてから、ガンガン種付けしたからな」

「ちょっ……お前、言葉選べ。ここをどこだと思っている！」

聖也が将臣を引き剝《は》がそうとしてくるが、絶対離れるものかと、さらに抱きしめる力を強くした。

「三ヶ月ってことは、ハネムーンベイビーってことだろうか。そうだよな、あんなに奥に注いだんだから、孕んでもおかしくないよな」

そう言うと、見る見るうちに聖也の顔が真っ赤になった。

「おい、お前、人前で何を言ってるんだ！　テンパってるぞ。落ち着け、将臣」

「いつのエッチの子だろうかという話をしているんだが？」

こんなに可愛《かわい》い聖也との子供ができたことを、ぜひともここにいる全員に、しかも詳細に知らしめたい。

誰もが心から祝福してくれるに違いない。その証拠に最初は驚いていた先生も看護師も、黙って微笑ましく見つめてくれている。

「なっ……」

聖也の躰がふるふると震え出した。可愛らしい。照れているようだ。

「はっ、ハネムーンじゃなくて、もしかしてその後検査入院したときに、ここで……ぶっ！」

聖也の手のひらが顔の中央にめがけて押しつけられた。

「もうお前、口を開くなっ！」

涙目になって怒る聖也がまた一段と可愛くて、我慢できずに彼の唇を素早く奪った。

数秒後、診察室に聖也の怒号が轟くのは言うまでもない。

END

腹黒アルファと運命のつがいに
子供ができました！

「ただいまぁ」

一体、誰《だれ》の声だと思うくらいデレデレにデレ切った将臣《まさおみ》の声が玄関に響く。

ぱたぱたとリビングから小さな足音が複数聞こえたかと思うと、小さな躰《からだ》が将臣に飛びついてきた。

「おかえりなさい、おとうさん」

「おとーしゃん、だっこぉ」

三歳になった双子の息子の将司《まさし》と聖流《せいる》が迎えに出てくれたのだ。その二人の息子の背中を追って、世界一愛している、運命の番《つがい》、聖也《せいや》がやはりスリッパをパタパタさせてやってきた。

「お父さん、お帰りなさい」

「ただいま、パパ」

エプロンをした聖也が猛烈に可愛《かわい》くて、子供二人を抱えたまま、聖也の頬《ほお》にキスをする。

「おとーしゃん、せまぁい」

「パパ、またおとうさんとキスしてるぅ」

子供たちには将臣のことを『お父さん』。聖也のことを『パパ』と呼ばせている。将臣はこの二人のお帰りなさいコールを聞くために、週に数回は、なるたけ早く帰るようにしていた。

双子の将司と聖流は、見事将臣と聖也の血を受け継ぎ、将司は将臣に、聖流は聖也にそっくりだ。子供ながらに整った顔立ちをし、両家のじじばばは、この二人の孫にぞっこんだ。

特に東條本家の当主でもある将臣の父が初孫にメロメロで、今まで想像もできなかったほどの溺愛《できあい》ぶりである。

孫は人を変える――。

父を見てつくづく思う将臣である。

キッチンから香る美味《おい》しそうな匂《にお》いを嗅《か》ぎながら、リビングに進む。

「もう僕は子供たちと先にご飯食べちゃったけど、将臣はどうする？　ご飯とお風呂《ふろ》、どっち先にする？」

「聖也が先」

ベタな台詞《せりふ》だが、玄関先での軽いキスだけでは足りない。今、育児休暇中の聖也とは朝別れてから、一度も会ってないのだ。圧倒的な聖也不足だ。

将臣は子供たちが先にリビングに走っていったのをいいことに、聖也の腰を抱き、深くその唇を味わう。

「今夜、いいか？」

夜の約束を取りつけようと小声で聖也にお伺いを立てる。

「……昨夜《ゆうべ》も、だっただろう？」

聖也が頬を染めながら、ちらりと視線を寄越してきた。

「一回だけにするから。聖也が足りなくて、このままでは明日から仕事ができなくなる」

「お前……ったく、総帥を目指す男が何を言っているんだか」

「総帥を目指す男も、お前の前では、お前に恋焦がれるただの哀れな男でしかないんだ」

じっと見つめていると、聖也がふと視線を逸《そ》らした。

「……一回だけだからな」

思わず拳《こぶし》を握ってガッツポーズを取ると、その手を軽くパチンと叩《たた》かれる。そして聖也がぽつりと呟《つぶや》いた。

「本当は僕だって将臣の愛を感じたいんだ……。でもお前、激しすぎるからこうやって警戒しちゃうんだからな。少しは慎め」

「鋭意努力するよ」

チュッと聖也のこめかみにキスをする。

「そういえば、今日、花藤君《はなふじ》が遊びに来てくれたんだろう？」

「ああ、うちの子と遊んでくれて、二人とも、すっごく喜んでいたよ」

「花藤君には本当に毎回、いろいろと世話になっているな。今度何か礼を考えておかないとな」

「そうだね。彼には随分と助けられているから……」

花藤はいよいよ来週に復職する聖也に、現在の仕事の様子を伝えにわざわざ有休を取って家まで来てくれたのだ。

聖也は現在育児休暇中であるが、対外的にはアメリカで研修を受けていることになっている。オメガであることを周囲に隠すためだ。出産の事実を知っているのは、花藤を含め、ごくわずかな人間だけであった。

「将司と聖流も幼稚舎に慣れてきたけど、やっぱりまだ心配なんだよな。僕が復職したら、熱が出てもすぐに迎えに行ってやれないし……」

そうなのだ。聖也は復職にあたり、二人の子供のことが心配で、復職の日が近づくにつれ溜息《ためいき》をつくことが多くなった。

正直いうと、聖也にこんなに心配される我が子にちょっとだけ嫉妬《しっと》してしまう。

つい、後ろから聖也の腰を抱きしめて、彼の体温を満喫した。自分のことも心配して、愛して、と無言で伝える。我ながら子供っぽいと思うが、聖也なしでは生きていけないのだから仕方がない。

聖也も将臣の気持ちを汲《く》んでくれたのか、腰に回した将臣の手をそっと撫《な》でてくれた。

「聖也、あまり心配するな。うちの母さんが、そういうのは全部やってくれるって言っていたし、もし母さんの手に負えないことがあったら、私かお前のどちらかがすぐに行けばいい。大丈夫だ」

「お義母《かあ》さんに申し訳ないな」

「申し訳なくないさ。お前も知っているだろう？　うちの親、初孫にメロメロだぞ。むしろ毎日会えるって、お手伝いさんまで増やして受け入れ準備万端だ」

「それはそれで心配だ。甘やかされても困るし」

「聖也は心配性だな。将司と聖流はお前が思っているよりしっかりしているよ」

「う……そうだな」

「それにしても二人とも、幼稚舎か……。私がお前に会って、一目惚《ひとめぼ》れしたのも幼稚舎だった」

「そうだったな。突然、本家嫡男の『遊び相手』に選ばれて、うちの両親はあたふたしていたよ」

　懐かしさに聖也が笑みを浮かべる。あれから約三十年経っても、聖也は相変わらず美しく、彼への愛情はまったく減らない。むしろ増すばかりだ。

「あのときから私は聖也を手に入れるため、全力投球だったよ。子供ながら使える手は全部使った。怖いだろう？」

「怖くなんかなかったよ」

　聖也がこちらに振り返って、ふんわりと笑った。だがその笑みで、将臣の罪悪感がじくりと疼《うず》く。心の古傷はいつまで経っても、将臣を苦しめる。

「……私がお前をオメガにしたのに？」

　未《いま》だにこのことを口にすると、将臣の心臓がギュッと締めつけられ、痛みを発した。これから一生、この傷は癒《い》えないだろう。だが聖也を手に入れるために、引き換えにした痛みであることも確かで、将臣は罪を償うためにも、この痛みを忘れてはならないのだ。

　謝罪の気持ちを込めてじっと聖也を見つめていると、今度は呆《あき》れたように彼が笑った。

「また面倒なことを考えているだろう。将臣って、変なところで繊細なんだから。この際だからはっきり言うけど、僕にとってはラッキーなことだったよ」

「ラッキー？」

「だって、お前の子供が産めたんだ。もしお前に捨てられても、僕には将司と聖流がお前との絆《きずな》になる」

「捨てるもんかっ！」

莫迦《ばか》なことを言う聖也を、もう一度きつく抱きしめる。すると彼が吐息だけで笑ったのがわかった。

「だから将臣、お前が悔やむことなんて一つもない。もし僕にオメガの体質がなかったら、そもそもお前と『番』になれなかったし、お前を他の誰かに奪われたかもしれない。そんなことになったら、僕は自分がオメガでなかったことを一生悔いるだろう」

「聖也……」

「将臣、僕はお前がオメガにしてくれたことに感謝している。そのお陰でこうやってお前と一緒に人生を歩めるし、可愛い将司と聖流が生まれたんだ。感謝しかないよ。ありがとう」

「せい……っ」

目頭が熱くなり、声が声でなくなる。将臣は口をきつく噤《つぐ》んだ。そうでなければみっともなくも嗚咽《おえつ》が漏れそうだったからだ。

「まったく、そんな顔をするな。というか、そんな顔が見られるのも僕の特権かと思うと、ちょっと嬉《うれ》しいかな」

「くそっ……お前に情けない姿なんて見せたくなかったのに」

「僕は将臣の情けない姿もかっこいい姿も、全部好きだけど？」

「うっ……今夜は一回だけじゃ済ませられそうもない」

「約束を守れないなら、今日は駄目」

「聖也〜っ」

将臣が情けない声を上げたときだった。リビングから聖流が顔を出した。

「おとーしゃん、パパ。早く来て！　まさくんが自分でパジャマ着たんだけど、ボタンがぐちゃぐちゃで、せいる、直せない」

「はーい。さあ、将臣、お前も着替えないと駄目だけど、先に将司が一人でパジャマを着たのを、褒めてやれよ」

聖也はそう言うと、将臣の手を引っ張って、リビングへと向かった。

二人の愛は、これからも幸せに繋《つな》がっていく——。

END

あとがき

こんにちは、ゆりの菜櫻です。『腹黒アルファと運命のつがい』の続編が無事に出ました。これも前回買って読んでくださった皆様のお陰です。本当にありがとうございました。

お手紙等で倉持君が人気だったので、ストーリーに関わらせようとしたら、大変な量＆複雑になってしまい（汗）、結局担当様からも、倉持君の部分は全部削りましょうとご提案いただき、今回ばっさり削りました。いや、私が欲張って二人の愛の成長と、倉持君の恋愛を同時進行で書こうとしたのが、間違いでした。分量を見極めろ、自分（笑）。

素敵なイラストは今回もアヒル森下先生です。体調不良で執筆が遅れ、大変ご迷惑をおかけいたしました。先生にご負担をかけてしまったことを深くお詫び申し上げます。

更に担当様もすみませんでした。健康第一を念頭に頑張ります。

最後になりましたが、ここまで読んでくださった皆様、ありがとうございました。二人の長きに亙《わた》る恋愛模様、少しでも楽しんでいただけますように。

ゆりの菜櫻

ラルーナ文庫

この本を読んでのご意見・ご感想・ファンレターなどお待ちしております。〒111−0036 東京都台東区松が谷1−4−6−303 株式会社シーラボ「ラルーナ文庫編集部」気付でお送りください。

本作品は書き下ろしです。

スパダリアルファと新婚《しんこん》のつがい

2018年6月7日 第1刷発行

著　　者｜ゆりの 菜櫻《なお》
装丁・DTP｜萩原 七唱
発 行 人｜曺 仁警
発 行 所｜株式会社 シーラボ
〒111-0036　東京都台東区松が谷 1-4-6-303
電話　03-5830-3474／FAX　03-5830-3574
http://lalunabunko.com
発　　売｜株式会社 三交社
〒110-0016　東京都台東区台東 4-20-9　大仙柴田ビル 2 階
電話　03-5826-4424／FAX　03-5826-4425
印刷・製本｜中央精版印刷株式会社

ISBN978-4-87919-021-5